苍茫望

HANA

SYO

MOU

裘索 —— 著

上海文化出版社

苍茫

目录

日本的花道源于中国的佛前供花，这是中国传统文化赐予人类的灵魂滋养。

前往虹桥机场迎候日本前首相福田康夫，我手捧的是花；前往浦东机场迎候日本前首相鸠山由纪夫，我手捧的还是花。中国古典艺术中唯有莳花可与生命直接对话，自带灵性的花是传递真善美的不二使者。

长期研学花道，感受由此带来的美感和喜悦。从花开花落到余韵，让我看到了生命周期中静穆的力量，删繁就简人生做减法的意义，两朵可以就两朵，一朵够了就一朵，取舍有度，进退有序，在取舍进退间感悟人生的价值。花道的本质不仅仅在于法度规程的沿袭，它更能使你看到人生每一阶段的自然状态。

莳花弄草不足风雅，却能使庸常的日子平添喜乐。花道作为一种探索美和平衡思想的载体，也是一种生活方式和人生态度。窗轩枝叶照眠，起居于花草间，与草木交融的神秘和窃喜常让我哑然莞尔。植物有情，是有情之眼看出来的，如此，人与花相对，但需相笑不语，百感化为一个喜字足矣。悠长生命的晨昏有嘉卉的陪伴，这人间真是有美，尽管美有时会被撕裂，丑也会被张扬，就像这世界总会有风霜雨雪、电闪雷鸣，但寒舍的缕缕植物清香，案几上的一朵小花那一低头殊是可人的温柔，总会让我感觉日子的笃定和安享。古老的花器中融入的时令花叶，光阴的长廊里回荡着的远路走来的沧桑脚步声，在寂寥的禅意中被拨动的心弦，到底我还能拥享眼前的光景。

情迷草木，乐于花道，一个层级一个层级地精进，一个段位一个段位地晋升。回望自己一路走过的花道，那些看似程式化的日本花道，其实就是一种格式，是对人的性格的打磨和观点的淬炼，对于通达之辈，不失美的视角，不乏创作空间，抑或更能激发人的潜能，就像禅一样，看似最严苛的规程，恰恰却是挖掘人最大的自由，只是要抵达最自由的彼岸，也只有穿越最严格的规程。

我知道这个世界好的东西很多，我更知道在这个世界上很多好的东西并不属于我，但有一种东西一旦拥有就很难失去，这就是爱好。有些一时的爱好，陈旧的、经典的、时尚的，随着工作的忙碌和时光的流逝而渐行渐远，而对花草的爱好，一如既往地挚爱着并日久弥深。因为花草在我们动态的生活中，潜移默化着我们的情绪。如不满足于欣赏，要制造欣赏对象，研习是必需的，而学习中坚持是关键的，因为喜欢所以想学，这种行为是纯粹的、专注的、延伸的，所以也是可持续的。

人在江湖，总有忙不尽的所谓重要事，只是无论多么繁冗，我的心海始终会腾出一席天地为花草预留，恰如书画中的留白，这份余裕是天高云淡，也是静水流深、沧笙踏歌。与花木为伍，和自然亲近，可以看到天涯的无边，让我从容淡然。一屋书香满堂花醉，任沧海桑田风云变幻，唯草木宠辱不惊。

书香和花香都是我的所爱，除了工作我们还可以活在自己的兴趣里，活在完全的自我里。

拈花弄草无甚大用，但无用就是大学问，所以还是做一些无用之用。就植物而言，它契合了我们灵魂中最柔软的部分，无须算计，无须争夺，无须防卫的那一部分，它负责善良和微笑，相信这个世界上爱花草植物的，善意和喜悦会多一点，收获单纯的满足和平静也会多一点，人也会更温和更暖情。

看着院里的花红花谢，看着紫藤在暮春放出的一片紫光，季节总在不经意间换了人间，岁月也在不经意间将曾在院里玩耍的爱儿打磨为一个自食其力的社会人了。二十多年过去，花开花落人来人往，多少人在生命中经过，有的人已面目模糊，有的人一去再也不能回来，而院里手植的紫薇合欢常青藤，却依然笑看春风。花有重开时、人无再年少，时间本身带有一种无情，但超越时间，世间万物都彼此奇妙地呼应着。

院里的花木，让回忆带着草木香。

一夜入秋，甲子须臾事。借花为名，活成自己想要的样子，染一身花香草木气，向晚的美丽。

是为序。

壬寅 仲秋

于海上 索闲居

城崎海岸天城山

　　望着夕阳下蜿蜒至太平洋的天城连山，随着一代歌后石川小百合的名曲《越过天城》中缓缓流唱出的一幅幅伊豆的风景画面，在感慨日本词曲家是那么擅长将地域文化纳入词曲的同时，天城隧道、寒天桥、九十九弯道、净莲瀑布、山葵湿地……那些留下几多心路耳熟能详的画面也在我记忆的拷贝中一幕一幕地回放着。

　　记不清出入伊豆半岛多少次了，然而过百是一定的；哪年哪月的哪一回去了哪一地都依稀模糊了，然而第一回却是记忆犹新，难以忘怀的。

　　那是近三十年前的一个秋季，早稻田大学为了褒奖品学兼优的留学生，安排了两组每组约十人去外地的早大营地、东京南部的热海温泉或东京北部的长野滑雪的校外活动。我不加思索地加入了去位于伊豆半岛的热海组，日本首位诺贝尔文学奖获得者川端康成的小说《伊

豆的舞女》以及他在斯德哥尔摩的《我美丽日本》的获奖
演讲、根据同名小说搬上银幕并由我们青春时代的偶像山
口百惠主演的舞女千代熏……这些足以支撑我选定去伊豆
的理由，更何况目的地是日本明治时期的大文豪坪内逍遥
的故居——双柿舍。心怀对早大教授、文学巨擘的敬仰，

花所望

以及心存那么一点点对他生平的好奇，更使我择伊豆而去
成了不二的选择。

　　记得是日天高云淡，三个韩国学生、三个中国大陆学
生和三个中国台湾学生外加一个带队的日本教师一行十人

城崎海岸天城山

抵达大文豪故居双柿舍，斜阳温煦、不寒不暑正晴和。上
穿鹅黄手织毛线衣、下着姜黄灯芯绒长裤，戴着眼镜长发
及腰的我迫不及待地在院落东走西逛、在屋内东看西瞧。
两棵有着三百年树龄的柿子树伸展出的枝条煞是好看，入
口的中庭处，明治时期东方艺术史学家、一代书豪也是大
文豪、早大的同僚会津八一题写的"双柿舍"匾额映入眼帘。
观赏着这座由大文豪自己设计的融合了和、汉、洋三元素
的建筑，感叹不愧是胸怀丰厚的汉学底蕴，又有对西方文

化的精到理解，将西方艺术精准拿捏、竭其毕生心力极致
完美地翻译了莎士比亚全集的大文豪的宅院，不可无一，
无可有二。

那晚，温泉泡汤后心旷神怡、宠辱皆忘。我们一行身
裹浴衣、脚踩木屐在清风朗月中漫游了迷人的半岛。那夜，
点点繁星点缀着伊豆的苍穹，也点燃了我对伊豆的爱恋……

第一次清晰记得，最后一次自是难忘。

尽管疫情，但同过往的二十年一样，春节前还是出差
搭乘了飞往东京的航班。春节是中国的传统节日，也是中
国最重要且假期最长的节日，而世界各国皆为日常的工作
日，扶桑国也不例外。日本自明治维新后，旧历春节便在
官历上逸失，除了飘落在太平洋上琉球群岛中的那些零星
的岛屿尚存些许的旧历遗风。

黄昏时分飞抵成田机场，空荡荡的机舱、空荡荡的机场，
空气中弥散着消毒水气味，有点落寞寂寥。日本对入境者
实行两周的隔离，在 PCR 测试阴性后，海关官员礼貌地询
问出关后的隔离地，我回说在静冈县的伊豆。

相信离水泥森林越远时间越长，离自己内心越近越真实。

无论在物理空间还是时间空间抑或心理空间，在伊豆的两周隔离，疲惫之身得以安顿，怠倦之心得以安堵，静下来慢慢地再回首、回望这美丽半岛的一山一水、一草一木；不曾有过如此这般的悠然闲适，没能好好看看的蓝天白云夕阳孤月可以细观其形；不曾有过如此这般的恬淡静穆，没能好好听听的风声海浪空山鸟语可以细辨其声……小说《伊豆的舞女》可以从容淡定慢慢地品咂细细地品味再一次翻读。相信同一个生命体在他清纯烂漫的年少时阅读《少年维特之烦恼》和在他饱经风霜的暮年重读，对烦恼的理解是迥异的，恰如未曾踏上东瀛前的阅读和百余次进出伊豆后的再读，对小说主人公对伊豆的理解也是不一样的。

三年前去夏威夷参加友人的海滩婚礼，取道毛伊岛度假，身在毛伊岛，心却滞留在伊豆半岛，入目的毛伊岛景色总是让我不由得和伊豆作比对。当行驶在那条被称为天堂之路的哈纳公路时，怎么也觉得伊豆的一侧是山、另一侧为海的 Beach Line 公路一点也不比哈纳逊色，在哈雷阿卡拉国家公园听千层海浪拍打礁石声与同是世界地质文化遗产的伊豆城崎海岸感觉如同一辙，甚至城崎海岸的火山礁石更狞厉更耐看，海浪声更旷野更耐闻。国宝词曲家星野哲郎谱下《城崎布鲁斯》名曲相信一定是被城崎的狰美所征服。如今泰斗早已驾鹤西行，而那尊城崎布鲁斯的歌牌词碑依然在国家公园的礁石上临风伫立面海永垂，引无数来者竞吟唱。

公允而言，毛伊岛更美，然毛伊岛不一定会再去，而伊豆断然会再往。景由心生、境由心出，伴有心路和情怀的风景永远是生命中最美而又不可取代的。

　　行文临将搁笔，旧识故交 F 君从东京发来了一帧夕阳下的天城连山的照片，山脉背景下随风而动的蒿芦苍凉凄幽。最美夕阳红，向晚又从容。我醉美在那张图片中，情不自禁地拨通 F 君的手机，告诉他这是我看到的人世间最美的一帧照片，没有之一、唯有唯一，你无愧为日本摄影最高奖"太阳奖"的获得者。如果可以，不妨将照片题名为——天城萩朔。

　　哈哈……话筒中传来了对方爽朗的笑声！

城崎海岸天城山

天城山下鸟虫屋

有爱屋及乌的，也有爱树及屋的。

因为爱上一棵树，爱上了一方院子，爱上了院里的鸟虫屋，一间门前见海、屋后有山、听涛闻松、鸟虫声声的小木屋。

寻寻觅觅三年余，却在一棵岛樱老树下再也不愿挪动脚步，屋乌推爱，一棵老树收敛了我一颗寻寻觅觅的花心。

山有浓淡天然画，浪有高低自在心。水何澹澹山岛竦峙，树木丛生百草丰茂。在千百卉中过日子，就像过上了陶渊明的采菊东篱下的日子了。

梅开百花先，无论花期还是花品在花谱中稳坐头把交椅。草木之花，香而可爱者甚众，梅独先天下而春，乃梅花的可爱可贵之处。中国古时同心梅、照水梅、时梅、墨梅、紫梅、铁骨红梅等梅种颇多，现在不少已断种，只能在以前的书画中尚可见得。日本除了中国的梅种，还有扶桑特有的乙女梅、鹿儿岛梅、单瓣红梅等。

千百卉前庭的梅丘上植有一株绿萼梅，老干虬枝，苍古不凡，遒劲枯干粗过人臂，近地面处一枝

斜出，露出壮实的老根，如虬龙的利爪攥紧铆接泥土，绿
褐苍老的虬枝，着满淡绿色花瓣的枝条却是那么的勃勃生
机。这株低矮的铁骨绿萼梅不失为梅中逸品，伴以伊豆苔
石，更是疏瘦有韵、荒寒清绝，在雅石的衬映下，宛若盆栽。
这种苍古与生命的一体，苍老而生机盎然，也许是东方盆
栽的艺术美学吧。这让我看了又看，退步远望好像一只老
辣的秃鹫，疏影横斜，老枝枯干，我视其为千百卉中的瑰宝。

世上不乏梅树，如见众梅呈上，绿萼梅独标高格定是甲观无二。以花品论，首推绿萼梅。古人称之为萼绿华，华是花的古字，绿萼青枝，花瓣也是淡绿色，似裸妆的淡丽美女，无限幽致，文人墨客不惜笔墨以诗画恩宠着它。我则将其盆梅和瓶梅置于案头，高洁傲岸、楚楚不凡。

在绿萼梅东南方向的斜坡上有一株绿樱，属于花叶同开的山樱，花色有点接近绿萼梅，花开自成丽瞩。我和爱儿在它花开浅绿最漂亮的时候合过一张影，那时它还在鸟虫屋的西侧，老话说树挪死人挪活，自从西边移植到东边后，就再也没有看到这棵绿樱的花开灿烂了。每次看到它时，我总心怀歉疚，对它的关注欠多，不该挪的去挪了，使它至今花开的美丽还远没有接近它在原地曾有过的美丽，似乎自己把所有对樱花的爱都倾注在岛樱老树上了，即便是后院的那一株染井吉野樱，至少在走出鸟虫屋去拜见岛樱老树时，必经染井吉野樱的那条小径，因此也会驻足对视它，只是这株染井吉野樱断送在一次岛上罕见的狂风骤雨中。

蜡梅水仙之后百草权舆。鸟虫屋外报春的迎春花开了。

依坡搭建的鸟虫屋，石垣老墙披挂的迎春花条长而纤细，柔条纷冉冉地沿坡而下，轻推栏栅拾阶而上，石阶两旁的残岩断石上的老干迎春伸展出的枝条上开着朵朵可人的小黄花，还有右侧陡坡上几株野生水仙依然开着金盏小黄花，夹道笑迎着主人回到鸟虫屋小住，我也有着一份左牵黄、右擎苍的欢喜。看着爬满整个院子的迎春花，我心花怒放，春来了！再仔细打量它们又觉得迎春花还是蛮讨喜的，单瓣小花，形状有点像小喇叭，六裂花冠，满开也就一枚小值硬币的大小。不能与名花相提并论，但是爱花人多半会在庭院里植上一株，那是因为它开花时间的早与巧。在这个花事寂寞的时节，单薄艳黄的小花让人倍显其存在的价值。有些东西我们似乎看不出它特别的出挑之处，但就因为早，人们记住了它。

白居易诗赠刘禹锡"幸与松筠相近栽，不随桃李一时开。杏园岂敢妨君去，未有花时且看来"。迎春花报春的花，先百花而放。旧籍中称迎春花为僭客，又有品为六品四命和七品三命的，不知取义何处。迎春花又名年景花，看着它的花开感知春天的到来，也感知一年的离去，岁月的流逝。赞赏迎春花冒着料峭春寒报春的精神，安得草木心，不怨寒暑移，开开心心平平实实地转度四时。

千百卉中的属于报春花科的还有樱草，迎春花开了些许时日后粉红色的喜暖喜光的樱草也就开花了，花朵小巧花色清新可人。别无他爱，纯洁初恋，无悔人生的花语是对它妥帖的写实。樱草的花形花色酷似木本的樱花，因为是草本，冠以樱字为樱草。樱花的花期和樱草的花期部分相叠，是典型的日本草花，原以为是日本特有的草木呢，后来陪同日本律师访华团一起去东北大连、旅顺一带看到了樱草，才知道不是日本的独有，就连欧美的很多植物园里也有，是漂亮的

国际化的宿根铺地草花。东京北区的浮间町还建有樱草公园呢，浮间原的樱草因为开发而被挖走绝迹，是为了纪念有着历史渊源的浮间原的樱草而建的公园。不过我还没去过，上次去北区的 N 社开会，本想去看看的，后因会议时间拖延也没去成，总觉得近在都内，随时都能去而又时时被耽搁。

生命力顽强，落在任何地方都能神速繁衍的风媒植物蒲公英，黄金周前开花，金灿灿的像朵小菊花，花开过后即便结了果，还像是一朵花，白白的、绒绒的球，轻轻一吹漫天飞花，那种子上的白色冠毛结为一个个绒球，绒球里的种子成熟后，就随风飘散到它自己也不知道的地方去了，蒲公英没有归宿感，它把生命的方向盘拱手交给了风，只能随风飘荡，风中颠沛，这是它的宿命。我不知道千百卉里的蒲公英从哪里飘来，又会飘向何方。

天城山下鸟虫屋，鸟虫屋外千百卉，我安坐春色中静候黄金周爱儿的

归来，上次挥别时我们约定这次相聚他烤比萨给我们美食。

　　远飞的倦鸟如期归巢。天高云淡、千草百卉的清香中，一家三口在露台上享用爱儿烤制的海陆风味的比萨，自面坯到最后一道的切割工序，还在时差中的小伙子妥妥地一人操刀告成。噢，就连后院的火砖比萨烤炉，也是上一次他从店家采购砖材开车自运回来搬上山坡亲手搭建的。超级便利的世界中，那份自给自足全过程的感同身受，对现代人是弥足奢侈的，就连美丽的乌鸦也飞停在露台栏杆上想探究些什么，它犀利的目光直逼香脆的比萨，爱儿回到比萨炉，拿出了刚出炉的比萨想去伺候它、亲近它，可傲慢的它却视而不见，进而将目光投向太平洋方向的大岛那边的海域。乌鸦没有接受我们的善意，看来它似乎有它的取舍原则，宁可抢劫、宁可残羹冷炙，也不能接受施舍，抢夺要付出心力，要承担风险，付出后的得到方能心安理得。

　　黑目黑羽黑喙，气宇轩昂，傲气淋漓，一对阴鸷眼睛满是矜持冷峻，讳莫如深，近距离我笑着盯着它看，它却漫不经心，流线形的身躯让人觉得它充满着美感，羽毛像是上了蜡抹了油那样，光亮挺坚、分条析理。黑色的羽毛闪耀着紫蓝绿的墨色，都说墨分五色，日本人却把墨分成了十六色，同样的黑色，演绎出多种的墨色，并不仅仅是阴沉浓重的墨黑，乌鸦的羽毛就是黑得流光溢彩、蓝天下折射出十六种的墨色，色系丰富，这种沉稳高贵的色调，至臻至美，无可复制的天然，日本人为它的美丽而感动，它也俘虏了我的心。每次去代代木公园，总会不由自主地去湖边看那栖息在枝条上的乌鸦，听它们鸣叫，那略带沙哑的粗犷哀婉鸣叫入耳入心。

　　乌鸦是美丽的，声色俱全。鸟虫屋外千百卉中飞禽众多，地方政府对它们关爱有加，建造房屋时如果墙体颜色或过大的玻璃墙有可能妨碍鸟类飞行的路径判断是不被允许的。也许始终被关爱，也不曾有过被伤害，这里的乌鸦不畏人不集群，与李白笔下的"黄云城边乌欲栖，归飞哑哑枝上啼"不同，也不必朝飞暮归。在鸟虫屋外飞行或栖息的鸟类中，

我更偏爱美丽的乌鸦。我把比萨盘递近它，一次、两次、三次，依然是满腔的无视。我们仨商议后将比萨留在桌上退离露台躲进屋里，关上门窗拉下帘子，不时就听到了露台上乌鸦叼食的声音，我从缝隙中看到了它不接受嗟来之食靠自力更生的自得满足的表情。

人有相聚也有分离，正如花儿与展翅欲飞的鸟儿，在某一时空的坐标交汇，便是存在的意义了。与人类相比，花鸟虫草的生命真是太短暂了，但它们似乎不感到遗憾，即便转瞬间即逝也要竭尽全力盛放。

我们仨还有那只美丽的乌鸦在露台上的比萨午餐，每每想起心暖泪目。

春天过后，千百卉的小径上有不少的萱草，初夏的微雨中，枝枝橙色的萱草同时开放，气势非凡。像这样能食能赏的植物并不是很多的，它生命力旺盛顽强，可与杂草一比高低，一株变几株甚至几十株，它会挤占千百卉里其他花草的地盘。

鸟虫屋外飞鸟众多，千百卉中杂草蔓生，侵占了原来植物本应有的空间。有时数月未登岛，推启院门拾阶而上，巨岩扑面、草木如鳞，野花野草，让石阶透着魅惑。只见鸟虫屋外野草蔓延，但就是在这样时候，有时桔梗花、龙胆花等也会冒出来，有时空气中传来水仙、迎春花、橘花、马醉木花和菊花的花香。杂草无须像花卉植物向人类贡献美丽的花朵、甘美的果实，它把所有的能量都用来滋养自己的根系，繁殖小杂草，尽管杂草的生命力比一般花草的生命力更强，但千百卉里花香依旧、花开依旧，这让人很开心。

"草盛豆苗稀""晨兴理荒秽"，孩子他爹一大早就起来除杂草整宅院，每次不无感慨地说，我们都是凡人，只要活着，都会心生杂念，也会像野草一样，不断地生长出来，我们要做的就是像对待杂草一样，把它们随时拔除，如果不及时清除，就会慢慢地湮没甚至吞噬我们的正念。在鸟虫屋的数日都会在院无杂草、心无杂念中清静安度。离群索居以心为业，生命的正念在这里重塑后再启动。人居欲海以为乐，我居木屋自在行，我心抱喜乐。

当我闻到了和自己身体里不同的味道，这种味道每次都在离开鸟虫屋时才让我真正意识到。那些聚集在头脑中的知识信息和江湖经验，对于鸟虫屋是被不断消减过滤的产物，那些曾经如百米冲刺一样竞速过的人生标识，一步一步重新回归到鸟虫屋和千百卉，回到了初始原点，重归正念。

古有斗茶斗蟋蟀，我知道还有斗草呢。一种古代游戏，

以花草名相对，如狗耳草对鸡冠花，以答对精巧者为胜。原为端午习俗，端午踏青而归，带回奇花异草，以花草品类多、种类奇为比赛对象，早在南北朝时期形成。而踏百草，古时一种禳灾习俗，踩踏百草露水，可以祛疴治痼、禳除灾祸，可喜踏青无须远足、采花何须多虑，出得鸟虫屋即为千百卉，奇花异草信手采，百草露水任我踏。故而家中耄耋之年的四老福禄康寿，爱儿健硕安康，一家和睦圆满。

千百卉让我悟到了很多，知道了生命的新陈代谢是自然界的定律，修枝剪去的只是生命的枝枝节节，而生命的本源会更加旺盛。那些不言不语却又似千言万语的花草，彼此不言不语，又似乎互相懂得，是我不会远离的莫逆，相聚离别、喜悦悲伤、执着放弃，千草百卉与我同感共

受。我们的心与植物相同，就不会被世俗遮蔽。很多时候，唯有草木，沉默而又洞悉一切地看着我收拾过往和拥抱即将，人生里那些重要时刻都有花开花落的见证。陪伴安慰，在不能对人言语的时候，是草木给了我无声的宽容和微小的快乐。

莳花自遣，足资吟味，此生只为千百卉低头。在它们开放萎谢里，接受聚散和无常，与草木同悲喜，是一种平静的幸福。和花草多多相处，与家人多多相处。

高原的岛樱老树

爱屋及乌，因为爱上这棵远离庸常的岛樱老树，而爱上了鸟虫屋，有了记忆里最美的春天，最美的樱花。

常去东京的明治神宫散步，那里的一草一木烂熟于胸，三重县的伊势神宫曾走马观花地去过一次，这次趁出差再去好好看看，结果还是走马观花的一次，心里老惦记着后院的大岛樱，便连夜赶回了伊豆高原，屈指算来，明天应该是那棵岛樱老树花开最灿烂的时日。

樱七日，因为短暂，不可错过的灿烂。

古人不见今时月，今月曾经照古人。为一棵树，赶一段路，月夜中赶回，亮上院落的光照，便直奔后院去看那棵我在三重县时老念想着的二人合抱、附干也有一抱、足够一株成年树的岛樱老树。

月光下的樱花或灯光下的樱花称为夜樱。第一次看到"宵樱"二字是在日本画圣东山魁夷的月光下的樱花画作，名为《宵樱》。那是一幅月圆之夜、樱花绽放的静美的精美画作，那份空灵的静美拨人心弦，使观赏者抵达心灵美感的统一，或许你还能感受到朵朵樱花的片片花瓣在茫茫月色下呼吸的声

花所

高原的岛樱老树

音，那份寂静触人心底。东山魁夷被认为是画家中散文写得最好的，是画家中的作家，而川端康成则被认为是作家中书法写得最好的，是作家中的书家，画圣和文豪二人志趣相投成为莫逆。大文豪是我的偶像，爱屋及乌自然也就粉上了画圣。

今夜银盘趋圆，月色朗照，明天就是满圆了。明月下夜灯中一树白花的岛樱老树，就像看《宵樱》画作越看越美的那样。最美夜樱在今宵，画圣笔下《宵樱》作品不二的现实版，静美得让人心颤泪目。

最美的月色中遇见最美的夜樱老树，感恩时空坐标的交汇，这是我的福，也是我们的缘。

望着暮夜中遮蔽了大片星空的岛樱，我想如果樱花常开，我们的生命常在，那么彼此的遇见还会有这份感动吗？! 花儿由于它的凋谢才更显生命的光辉。短暂的惊艳美好，在心灵深处我们一定会不由得彼此珍爱自己的生命，珍爱茫茫世间短暂相遇的喜悦。如果樱花常开，我们的生命常在，那么两厢邂逅还会有这份福缘的金贵吗？!

月白风清的夜晚迎来的是阳光灿烂惠风和畅的白昼。万里无云万里云，透过鸟虫屋的玻璃墙，透过玻璃墙外的枝条遒劲的羽毛枫的前方，见得一羽美丽的乌鸦在岛樱老树的高枝上栖息，高树高枝高空可以一览无余心无旁骛地高瞻远瞩，但美丽的乌鸦即便栖息也在东张西望，时刻警惕着周边。我好奇地走出屋外，在友好的距离内，笑对伊豆石上的老树上的美丽乌鸦。也许是高垒的伊豆石让老树更健朗向上，也许是美丽的乌鸦使老树更生机灵动。看着美如画的眼前，栖息在枝条上的美丽的乌鸦，想起何多苓的《乌鸦是美丽的》名画，画中的乌鸦栖息在一位美如花的女子左侧的头上，华莱士·史蒂文斯有诗写道："二十座雪山之中，唯一在动的，是乌黑的眼睛"，看来美丽的乌鸦总是择美而栖。

一眼就能看到岛樱老树高植在伊豆石的垒石上，东瀛闻名的伊豆石给老树加分美颜了不少，更凸显了树干的健硕苍劲的老辣美感，后来明白除了审美还因为蔷薇科李属的大岛樱根系较浅，土壤不能过湿或积水，否则就会腐蚀根系。唐宋时期已将石头视为艺术对象来摆弄，遣唐使又将中国文人那一份好石的情怀舶到了扶桑国。相对应中国宋时的日本镰仓时代，扶桑国中诸流派的庭院里，几乎没有不安置石景的，"禅庭"，即枯山水更是以赏石为要的庭院。岛樱老树下高耸的富有年代感的伊豆垒石，不规则的线条令人感受到大自然的嶙峋，安然如山像个历尽沧桑的老者。退而远望，就像罗丹的托尔斯泰端坐在椅子上的石雕名作，给人以坚如磐石不可动摇的意趣。耸立在伊豆石上的岛樱老树，初始手植的那一位，谅必是位将艺术融合生命的高手。日本赏石之风盛行，有《作庭记》一书，还有《立石口传》，详述了石块的组合搭配的技法，最喜闻乐见的是"禅僧"，也称之为立石僧，可见当时造园指的是立石，由此想起中国插花源起佛前献花，从中国引入日本的花道，创始的池坊流派中的立花也是这样来的。

前屋主是我早大的大前辈的父亲，一位官僚，热衷购地置业建房造园，惊心动魄地把大自然搬进了后院，植趣横生。我想他定是一位好石者、好伊豆石者。也许他研读了宋时杜绾的《石谱》，根据环境，选择文石、采石或美石布景。古画中的石块除了欣赏它们的雄伟，它们像隐居者那样，是遗世独立出尘超俗的。从艺术审美而言，它们是庄严古雅的，又是峥嵘狞厉的，蕴藏着内在张力，散逸着道风仙骨。

时光是老树最好的惠赠，如果说岛樱老树是位世纪老人，那么它就是一位最富恒心的艺术家，用一个世纪孕育着躯体，一点一滴日积月累地积蓄着养料，年复一年丰富并提升自己的年轮，一年一度展示自己至臻至美的作品。唯其如此，才能开出这么多这么美烂漫满天的花朵来。展期一周便匆匆闭馆，继续养精储华，等待来年的迸发怒放。

百年的老树，主干和根部布满了树灵，充满着生命力。一簇簇苔藓

映入眼帘，树枝中间那一块苔藓里，还长着几条荆棘，应该是鸟儿在岛樱老树上栖息时衔来的种子吧。

一周前看到含苞的樱花真是太规整、太拘谨了，只见它们紧紧依偎，似乎忘了散漫更是一种美。谷雨时分，伊豆半岛春雨既足风和日暖，一俟三月下旬，岛樱老树像接

到指令一样满树的琼苞倏忽开放，四处伸展的枝条更是占有了后院大片的天空，仰望环视那四处伸展的着花满枝的树冠蓬径，我的视野竟容纳不下那遮天蔽地的老树冠幅，恨不能自己的视角能够像麋鹿那样宽广。如果说月光下的夜樱美在静美，那么日光下瞬间怒放的满树白色的樱花究竟美在哪里？美就美在"烂漫"二字里。如漫天飞雪，纷纷扬扬空中旋舞。坐躺在岛樱老树下的一派花光之中，人花交融春深似海，为人为花实难自辨。

好大的树，好白的花。好开心的我。

大岛樱的花朵是单瓣白色，树干高树色深，先花后叶，为野生樱花的代表，开的花较之染井吉野樱的浅淡粉红更浅淡，几近趋白，更接近于雪花，更契合人们对樱花的烂漫飞雪的幻想。

山深未必得春迟，处处山樱花压枝。落樱漫天飘舞时，人间正是处处春浓花事稠。在落樱和人海里，我决定哪儿也不去安坐后院看雪飘。岛樱老树下，看着它的落英如雪就是抵达了赏花的最高境界。树下看飘雪漫舞，瞬间染白了一头的雪。除了樱花，世上再也没有一种花有下一场雪的气魄；除了岛樱老树，世上也再也没有一棵花树值得以花海的气势雪藏在我的记忆里。风吹樱花雪，就像是飘雪时节，昨日雪如花，今日花如雪。

花吹雪、寒冬落雪，人们把雪喻为落樱，樱花开时又把它

喻为雪花。有了雪花与樱花，世界就多了加倍的美。当千山暮雪铺展它的辽阔雪海，感觉是雪花在漫无边际地开放，而千朵万朵的樱花舒展春光，感觉雪花还没有融化凋谢，雪花和樱花真是催生我们想象的尤物。

　　岛樱老树满开的白色樱花，远处望去就像万里无云的蓝天下一朵飘荡着的悠悠白云，一两天后，蓦然谢去。雪片般的花瓣纷纷扬扬地飘了下来，感受美感也感到痛惜。人造花做得再美再逼真，却难以打动人的心，是不是因为它们不会凋谢呢？凋谢也是一种美，更是一种美，就此释然。

　　远离庸常的岛樱老树美在不惧凋零。从独立枝头到重归尘雪，一朵花用了一生的时间，就是最后飘落的瞬间，让整个花的生命周期得以圆满。花落一瞬不悲观，一瞬等于静止，时间由此变得任意，花在真空里慢慢离开花托，在空中自由、曼妙、随风而舞。樱花很美，但它再美，却没有傲气的表情，它是安静的谦卑的，那份似乎不自知的美尤为感人。花儿枯萎时凋零的那一刻，临终呈现出的一种温柔宁静祥和的美，生得灿烂，走得淡然，头也不回。人世间，谁又不是被命运注定要奔赴一场生死之约呢，何不让生命彻底地痛快一回。自然界植物的死亡，从来不是彻底的消灭，命运的法则就是循环。一个生命的凋零，会置换新生命的孕育，生与死的循环蕴含着荣光。

　　樱花本无香，而我却无恨。老而弥坚的岛樱老树花开够盛够繁，酿成了一股淡淡的清香气，繁得好，也淡得好，玉树临风，疏朗的高个子风情逼人。岛上风云多变，第二天云卷风起，一夜的风雨将岛樱的花儿吹离了枝头，一朵也没留。

　　樱花是要赶着看的，花期太短了，春光也太短了，人生也是太短了。

　　花落殚尽，富有光泽的紫褐色岛樱老树的躯干和枝条依然自带光芒赋能与人。我没有看到岛樱老树年轻时候的模样，一定很美。但对于老树的感情，就像小杜拉斯·扬爱上暮年的杜拉斯所写到的那样，与你年轻时的容貌相比，我更爱你备受摧残的容颜。

　　"生命，等你归来。"我对岛樱老树说。

极目远望——瑞松

每每去伊豆鸟虫屋，拾阶而上至拐折处，总会纵目远望大海和蓝天连成一线的前方，有一棵在森林中离天空最近的松树，虽无鲜丽之色，也无招展之叶，但四季常青，不攀不附，盘礴傲然。

远树含烟，遥目一瑞松，我总会伫立着向它投以敬仰的目光。

大儒孔子曰：岁寒而知松柏之后凋也。盛赞松之高洁。

王安石在《字说》中写道："松为百木之长，犹公也，故字从公。"在"公、侯、伯、子、男"的位序中，"公"居首位。先人对"松"字的结体上，彰显了松的卓然不凡。

铁冠道人东坡居士一生爱松，发妻王弗撒手人寰后植松以纪，十年后写下令人潸然泪下的《江城子》："十年生死两茫茫，不思量、自难忘……明月夜，短松冈。"松不仅寄托了大文豪对人生的执着，更寄托了对爱妻的无期思念。

　　冯友兰更是对松酷爱有加。故居前庭有松三棵，以"三松堂"为书斋雅号。先生已去，风范长存，无论风雨晴雪，三棵松依然虬枝雄浑傲然于三松堂前，苍翠奇崛的老松成为一代哲人不与世俯仰的人格具象。一座普通的院落，因三松堂而名扬四海，松也成为燕南园的文化符号。

　　松作为中国画的题材备受历代文人画家的垂爱。宋代马远的松瘦硬如铁，而郭熙的则盘结似龙；元代王蒙的松高挺直立，率意洒脱；清代石涛的松蜿蜒奇崛，笔墨丰润，而八大山人的则笔意寥寥却笔笔神风；近代画坛诸家对松也都眷顾厚爱。1926 年，一代巨擘吴昌硕捐赠我母校早稻田大学 60 幅书画作品，也许是爱屋及乌，敬仰吴昌硕石鼓文书法的同时，也深深喜欢上了昌硕笔下大美金石之风的松画，俊卿先生将书法、篆刻的行笔、运刀和章法融入松画，将松表现得气象苍浑、雄健古厚。其傲睨万物、高洁独清的品行，与俊卿先生的风骨最为契合。松干苍茫虬劲，松叶俊挺峭拔，而谢稚柳笔下的松更是将书画同源演绎到了极致，非骨法用笔所不能为。

　　在文人雅士的世界里，风清气正、坚贞凛然的松是他们永恒的膜拜对象。无怪乎，全国人大代表吴中伦院士曾提出将松树作为国树的议案。

　　泱泱华夏对松的执爱如此这般，邻国扶桑对松又何尝不是这样。

　　日本的新年元旦是从门前装饰门松开始的，传说是为了迎接天神的到来。最早的诗歌集《万叶集》里有 61 首诗是吟咏松的，在远古的万叶时代，松就是东瀛的吉祥物了。

　　公元 8 世纪前，松已然是绘画创作的对象了。奈良正仓院所藏奈良时代的《鸟毛立女》国宝屏风画就是以松为其背景的。16 世纪艺术大家狩野永德应最高统治者织田信长之命绘制的《松鹰图屏风画》，以金地为衬，一棵巨松虬结盘曲、一头侧面凝视的雄鹰睥睨万物地傲立其上，气势磅礴，威严震慑。

　　日本的墨客骚人更是写下了有关松的和歌俳句，成为
千古绝唱。

　　正是五月雨，夜晚悄然露松月

　　樱花江户别，今日终见两棵松，已经三个月

　　大和民族自古就有听风的文化，从前他们在耳闻风起后的树叶之声就开始歌咏，而诸风中松风之声的鉴辨是最为风雅的。天皇子民敏锐的感受性堪称世界第一，是否印证了大和民族聆听风声雨声鸟虫声都是用左脑吸收处理的一说。

　　在色彩的世界里，松叶色是日本时尚界常被言及的颜色。在此基色上还派生了一系列的诸如海松色、松茶色、海松蓝、黄海松茶、蓝海松茶等等各种衍生色系，大和人的精细缜密可见一斑，或许这也可以佐证大和民族的左脑功能的特异。

　　大片的松树装点了日本列岛的风景，白沙青松原、三保松原、虹之松原，松的名胜和歌枕不胜枚举，用松字作地名的，松本市、松户市、松阪市、松田町、松冈町等同样也是俯拾即是。

　　就是外来语片假名使用率最高的国际化大都市东京也难以割舍对松的爱。NHK附近的松涛町区域，有松涛会、松涛美术馆、松涛茶院、松涛中学等以松涛为名的诸多机构设施，即便在物理空间不可能有松原，也要在文字在文化上植入松原。

　　十多年之前去松涛中学的茶道课做义工，至今还清晰地记得那模拟茶室的教室里模拟挂轴的黑板上，茶道老师用白色粉笔写下的"松涛庵"三个字，还清晰地记得老师引导学生在茶水的流泻中想象松涛之声。松林唯听风雨急，不闻弦歌响，松作为传统文化在中小学的基础教育阶段就被深深地植入在孩子们的心脑。

　　十年前 3·11 大地震，震前那里的高田松原曾是日本百景名胜之一。震后约七万棵江户时代就高耸挺拔的松树被瞬间秒杀抹平，仅有一棵奇迹般的幸存者，植物专家竭尽所有的智慧，倾注所有的爱心抢救这棵具有象征意义的松树，最终还是没能挽回这棵病入膏肓的孤独之松。震后九个月，当宣告这一棵 270 岁的"奇迹一棵松"已走向生命尽头的消息，不知泪哭了多少扶桑人。九个月中，日本民众没有因为失去亲人、失去财产而流泪，却为一棵松树的枯亡而泪流。

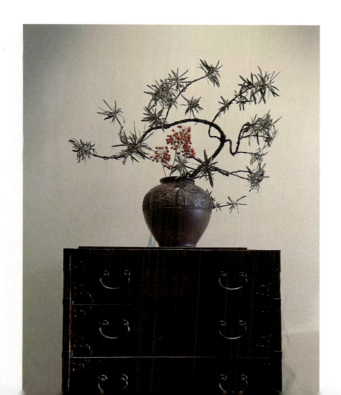

中国人爱松，日本人也爱松。当恩师菊地瑞月赐我"瑞松"之名时，我受之欣然，因为我爱松无限。

每每离开鸟虫屋，总会纵目远望那一棵正向太平洋、侧向天城山、在森林中离苍穹最近的瑞松。

它是风景，更是风骨；是植物，更是精神。

芳径苔深不知归

　　学妹送来一个礼袋，礼袋中有一只礼盒，打开层层的裹包，呈现的是一个低奢、黑灰、拟似民国老银器的银盒，自认为对民国银器小有研学的我，也不禁感慨低廉的化学泡沫盒上錾出的图案造型的精到，我好奇地掀开独特的泡沫盒盖，映入眼帘的是绒绒绿绿铺设到盒子四边四角的苔藓，轻轻地掀开一层苔藓，一株仪表堂堂的百王之草妥妥地躺在铺垫的苔藓上，恰似躺在丝绒绿毯上。天然生长，汲天地之灵气，餐日月之精华，经山泉的洗礼，成为真正的地精。很羡慕这根人形的还魂草能够卧躺在苔藓的天地间。

　　顶天立地置于天地间的魔楼上海中心也是苔藓的天地，步入二号门，入目的就是一片立体规整的苔藓绿植，进出的人们总会看一眼大堂中的那尊一手执扇、一手提笼、一袭旗袍裹身的陈逸飞的《上海少女》铜像，铜像女子侧目欣赏着规整的苔藓，不由使人想起卞之琳的《断章》。魔楼 37 层半亩田里的空中花园，太湖石上铺满了苔藓，青青的、亮亮的、鲜绿鲜绿的，和一楼的苔藓，一样也是规规整整的。案牍累困之时，我常会移步去半亩田看绿植，看看那片绿油油的苔藓，还有那棵八百多岁树龄的紫薇老藤和翠绿大叶的芭蕉，养养眼、宽宽心、发发呆，在水泥森林的玻璃幕墙里有这样一隅的自然绿植，楼里的白领金领们也真是被恩宠到了。吉尼斯机构给半亩田颁发了世界最高空中花园的证章，能够常去世界最高处的空中花园晒太阳伸懒腰那可是天大的奢侈，还有偶遇马未都，打个招呼说上几句。

　　据说上海老城厢的城隍庙花草弄那一带的老房子正在拆迁，原住民已搬离，便趁着周末去那里走走。一夜好雨，睡到自然醒后慵懒而起，见粉墙上新添绿苔数尺，便去那里看看以后再也看不到的房子。见一墙老绿的苔藓，厚厚的、润润的，狭窄逼仄的房子与房子的过道，晌午的阳光照射下来，毛茸茸的绿苔栩栩生辉。恨这么有眼缘的苔藓怎么不长在地上，否则就挖一块回去铺在宜兴陶盆里养养。

　　去公婆家总爱多看几眼抓爬在围墙内侧的那一株虬劲的老紫藤，枝条尽头的墙端几乎终年阳光不照，那一大片毛茸茸的青苔，是我在魔都中见到的最原生态，也是最好看的立体苔藓。

　　老人那里有一盆养在老瓦钵里的红掌，放在窗台上，风吹雨淋，时间长了，下面长满了青苔，竟悄悄地蔓延到瓦钵边沿，红彤彤的红掌叶挺立在青苔之上，红绿风采相融，很东方很中国。花卉有苔藓压一压，立马柔顺了许多。我出神地看着苔藓，老人知道我喜欢植物，尤其喜欢苔藓，执意让我把花钵带回家，我拗不过老人，就从钵中剔取了一丛苔藓带回了家，铺在宜兴陶盆里，置于案头，天天喷水，日日对视，期待它们能够蓬勃生长变得厚实蔓延成片，以期书斋能有平面绿植，日日相对，可是没几天它就仙逝它界。正要扔掉，婆婆打电话来说不要扔，或许没有死透呢，很多苔藓死于没有耐心，公公接过电话说，苔藓搬移了原来的地方，所处的环境有了变化，它也会跟着变化，得有一个适应期，有时会发黑、发黄、发白，看上去真的像死了。不要马上扔掉，再等等看看，浇洒一点稀薄米汤滋养滋养青苔。苔藓有时候需要数月半载的时间才会从那种看起来已经死了的状态中死去活来，获得新生后自然会生机盎然。

　　苔藓生长缓慢，隔几天看看还是老样子，不过想到它就喜悦暗生。养苔藓是急不得的，得有耐心慢慢陪伴它们日复一日、年复一年，慢慢长成，这个过程如同生养孩子，

不可能一蹴而就。日常生活也如养苔，每天看似重复同样的微笑，但集腋成裘，三年五载后，就如青苔般满满长成自我的风采来。

苔藓所要求于养苔人的，是要掌握好"度"，要有"耐心"，而度与耐心，几乎是我们做好任何事所需要的，因此养苔藓，其实也是一种自我修炼，或称之为养心。

看看野外的苔藓，即便半月无雨，枯成秋草，但是只要天有雨下就原地复活，秋草转身绿油油的春草。如果连续天雨，它们就成了绿色天鹅绒了，一地老绿的青苔，看似好养，其实是不好养。

夜读《万叶集》，发现万叶诗人将苔与枕结合起来，"洁布铺枕边上，孤影对枕门，恋君君不见，枕边满苔茵"。故人远离，山河寂寞，思念就如绿苔爬上绿枕，满心都是苍绿。如果说乐闻虫鸣体现了日本人敏感的一面，那么乐赏苔藓则凸显了日本人纤细的一面。

记得小时候碰到倒黄梅天气，老人们会诅咒："该死的雨，还不停歇，下得人身上都长绿苔了。"与古诗有异曲同工之妙，坐看苍苔色，欲上人衣来。老人巧妙地挪用了古诗，将其白话了。

雨渍苔生，绿褥可爱。凡雨多日弱幽暗这样的风土，容易长出厚厚的苔藓。刘禹锡有诗："柳门竹巷依依在，野草青苔日日多。"但能够象日本人那样礼赞青苔并将其写入国歌的，放眼全球恐也绝无仅有。日本国歌《君之代》选用的是公元 10 世纪《古今和歌集》里的和歌：

> 吾皇盛世兮，千秋万代；
> 砂砾成岩兮，偏生青苔；
> 长治久安兮，国富民泰。

湿润的岩石上遍生苔藓，这是日本人的最爱。国歌，唱出了大和人的心声。

日本人喜欢青苔，将其作为审美对象，表达一种内心的孤寂。喜欢它所呈现的那样的绿色，但又不是鲜活的大绿。更接近于墨色的深渊老绿，带有姿色状的神秘，故苔青之色又称魔鬼之色，幽寂中带有梦魇，它明澈，雨过青苔润。日本人和欧美人一样喜欢中间色，但日本人的中间色好像蒙上几分蔼气，带有些许的神秘，而这恰恰是日本人呼之欲出的美意识——幽玄。不强不弱的阳光，蔼蔼雾气的缥缈，鲜绿的植物上蒙上一昙蔼气，云云绕绕带有几分神秘，一眼难以看透。

伊豆城崎海岸附近的大祇神社，主堂后有一条长长的石砌小径，古树参天，神社的灯笼泛着淡淡的橘黄色的昏暗阴晦，小径布满苔藓，大和民族则从这样的墨绿的青苔，体会到了一种涩泽幽邃。植物学家在天城山感到珍奇的是苔藓类中的反沟羊齿、陜见羊齿、净帘羊齿，这些羊齿草长在净莲瀑布岩石上和圭地里，茂密旺盛，天城隧道的拱门的造型很美观，而在我心中更美观的是拱门周边长满绿色的青苔。

富士山西北脚下的西湖旁有一大片被称为青木原树海的森林，地形奇特，树木浓密深郁，俯瞰宛如一望无际的树海，山风吹过，绿浪滚滚。当我看到亚马孙的原始森林的时候，惊叹它与青木原树海的相似度，后者树干虽不及亚马孙原始森林那么那般粗壮茂盛，但是树与树之间，甚至树与苔藓之间都有着很强的关联性。原始森林中有许多高耸而笔直的树木，我并不能确切地叫出它们的树名，但

芳径苔深不知归

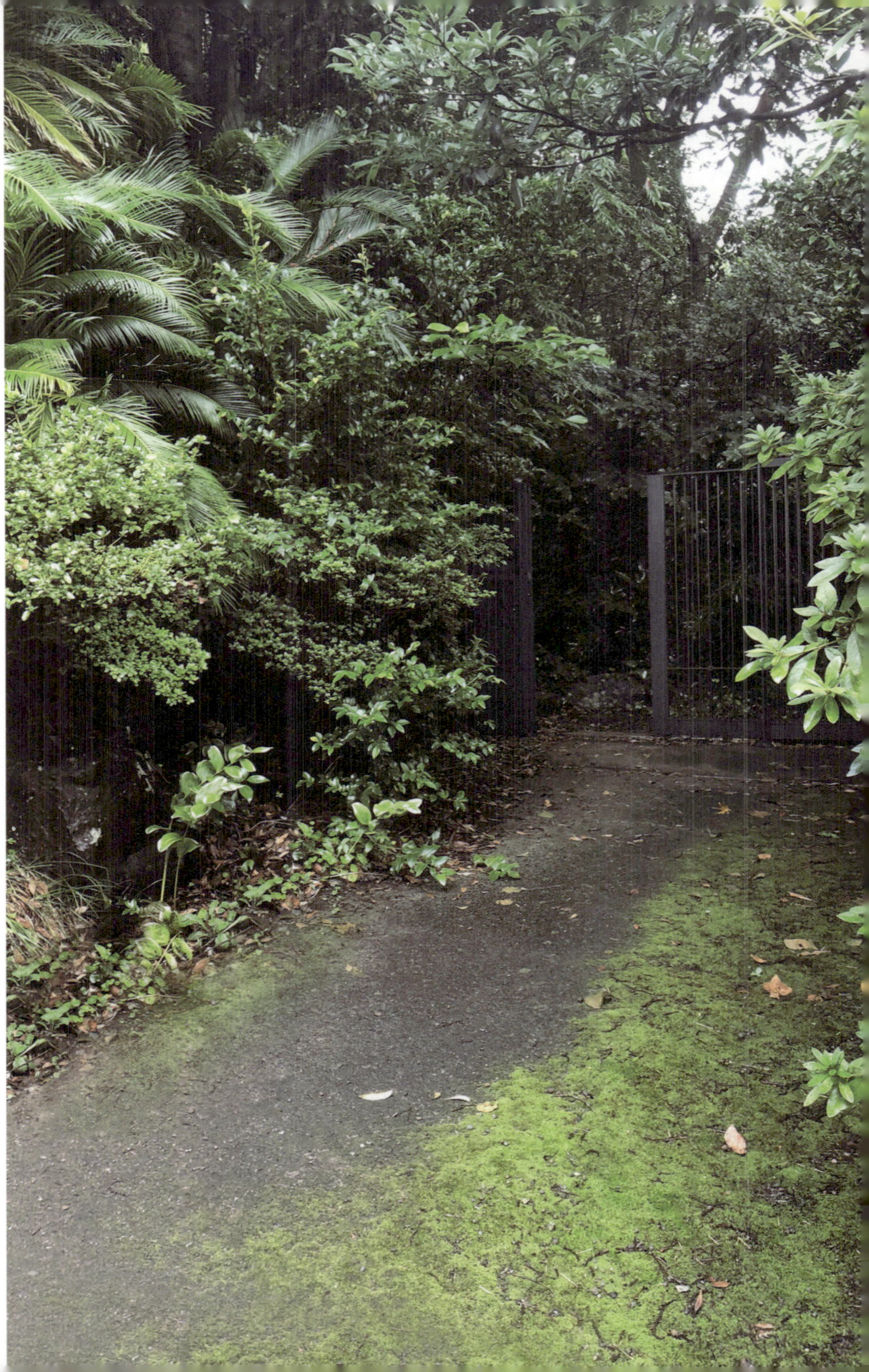

是我对它们充满着敬意。在森林中逗留久了，即便是夏季也会有湿漉漉的幽寒体感。那些树枝、树枝上的纹路、纹路上滋长的绿苔，或清晰或模糊，亦斑驳更沧桑。岁月的蹉跎，生命的苍茫，隐现在苔绿上。有些枝干仅有一缕或几缕的些许光照，映照在绿苔上，仿佛是刚要发芽的样子，让人心生欢喜和遐想，有了对新生命的期盼。

千百卉的前庭绿花萼老梅树的枝干上长着白苔藓，即便不开花的春夏秋，那老梅树枝条上的白苔藓，足够让人多看几眼的，甚至觉得梅花美，着白苔藓的枝条更美，梅花开在白苔藓的枝条上更是美不胜收。即便没有梅花的季节，我也会剪一些苔梅枝条带回东京插养。伊豆石的上面也盖满了苔绿。几年前，一场特大飙强的台风，刮倒了千百卉里的一些树木，还有那些不知何时枯死倒下的古木老树，它们的树身也会不断滋生出苔绿、樛曲万状、苍藓鳞皱、封满花身，古木久历风日致然。

山间的苔藓不用养，所在皆有，一场雨下来，幽阶一夜苔生。间或有一蜗牛负壳上行，于绿苔深处，拖痕作书。从鸟虫屋走向海岸边，那一路的森林看似幽静却又蠢蠢欲动，越往海岸走，巨石扑面，草木如鳞，见到开花的植物越多。穿过一片岩石，走过林木掩映的小道，浓浓的山海雾气使海边岩石布满了青苔，毛茸茸的上面还有细小水珠，绿绒可人。踩过乱石杂草，一片密布着垫脚石的沼泽地，沼泽地边一丛丛蕨类植物和一些小花长在岩石的边缘，鸟鸣乌啼不绝于耳，布满青苔的岩石上时有星星点点的紫色小花，写实的袁牧有诗："白日不到处，青春恰自来，苔花如米小，也学牡丹开。"

青苔被阴影遮盖着，唯有细碎小花承接着朦胧的光线，紫色小花安静地睡躺在青苔上。这时你内心再焦躁，都会被这紫色的一点神秘牵引出静谧，紫色的安静，它本身的安静，也使周边安静下来。

这样的苔藓，似乎只有在人迹稀少的山野才长得好。上海的青溪宅院的石径间隙铺设苔藓，几次铺设几次失败，即便喷水雾防照射地悉心呵护，不多时就蔫黑了，苔藓真是不好伺候，很难养活。也许，苔藓这样的植物小玩意原本也只适合在属于它自己的自然环境中生长，生长在阴湿之地，卑微如尘，却真实地附身大地。太阳无暇顾及似乎也不屑扫过那个角落。青苔不介意，依然或浅或深逍遥自我地绿着。就像鸟虫屋走向海边森林里的苔藓，从没人关注它，它却自由自在地生长，森林的昏暗阴翳才是它的舞台。

应怜屐齿印苍苔。苔深不归。

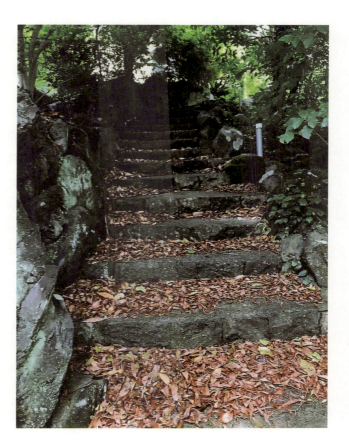

芳径苔深不知归

最是橙黄橘绿时

喜欢远眺天城连山，喜欢去已不被通车的天城隧道走走，去看看爬满苔藓的石拱门，体验重逢小说中的人物、遇见电影中的影像。这是《伊豆的舞女》故事开始的地方。1904 年开通的天城隧道是日本第一座越山隧道，之前人们需要翻山越岭过天城山。隧道古雅的石拱门造型、大文豪的雕像、舞女的石碑等无不诉说着这里曾经有过的故事，引无数文人雅士竞相造访这一国家重要有形文化财产的天城隧道。

走过看过天城隧道后，我习惯地还要到周边的橘林去走走。每当暮春橘花开时，我总会去半岛上的橘林漫无目的地看看，贪闻橘花的清香，尤其是伊豆高原附近，在海拔近千米的地方，低海拔植被的花期进入尾声，高海拔的花还是笑开着。谷雨和立夏正是暮春切换到初夏的两个节气。春风十里，橘树花开，橘花如雪，油光翠亮的绿叶间，藏着白瓣黄蕊的小花，这些密密麻麻地开着迎候初夏的小白花，自然的朴素天成，天然的清香可人，橘花之香淡于含笑，有瓜果的甘甜。在橘林里漫步时，老想起法国歌剧《迷娘》中的咏叹调《忆故乡、常向往》，迷娘唱的这首歌。"你知道那地方，到处橘花飘香，微风特别柔和，小马格外轻狂。蜜蜂为采花蜜繁忙……"

阳光普照的伊豆半岛有着大片的橘林。谷雨后，细小的橘花润物无声慢慢地开了，风飘过后，落花满地。勤勉耐劳的岛上原住民将橘花晒制成橘花茶，平时不那么爱饮花茶的我，还是些许知道一点玫瑰花茶、茉莉花茶、菊花茶、薰衣草茶等花茶的茶品，看到伊豆的岛民放在家门口自制的橘花茶，有着一份无添加的安心和全手工的轻奢，便购入尝饮。茶汤中有着柑橘的清香，虽谈不上味道好极了，但还是觉得味道蛮好的。

其实将橘花作为窨茶香源，明代朱元璋之子朱权撰写的《茶谱》中就有记载："木樨、茉莉、玫瑰、蔷薇、兰蕙、橘花、栀子、木香、梅花皆可作茶。"

只是在百花中闻多了橘花，再也没能忘掉那一份清香。千树万树、花开满树的纤细小花里，孕育着岛民对橘红秋果的期待。阳光下，满眼的翠绿，满心的喜乐。比起躺着SPA的芳薰，更让人有一种融入大自然的欢喜，那一份可以抓握在手里的实实在在的清香让人心里更踏实。这些惹人爱怜的细小白花，到了秋天就会变成沉甸甸、金灿灿的橘昊，多好！

花香赢得成群的蜜蜂，流绿滴翠的橘林中，蜜蜂嗡嗡飞舞。橘花好闻，浓缩了橘花精华的橘花蜜好喝。纯净透明的琥珀色橘花蜜，烦躁时用温水调制一杯，滋润解渴养颜调心。

橘树是常绿灌木，树高丈余，茎间多刺，叶片两头皆尖，初夏开花，入秋结果，果实初为绿色，霜打后次第渐变朱红色。植物自然界也好，人生周期也好，曲尽其妙，一年之中最美的光景就在橙黄橘绿时，而橘树和松柏一样，代表着高尚品格和坚贞的节操。我们都知道爱国大诗人屈原写有《天问》，但不是都知道他还写有盛赞橘的秉德无

私的《橘颂》。魏时曹植等都有《橘赋》，可见橘是如何
见重于有气节的人士的。

荷花凋谢，就连那深秋雨中的荷叶也枯萎了，只有那
开败了的菊花还傲寒斗霜，一年最好的光景就是橙黄橘绿
的秋末冬初了。深秋初冬，萧瑟冷落，气象衰飒，然又何
须悲秋，入秋结果，经霜泛红成熟。入秋结果，也是硕果
累累的收获时节。人至壮年，虽青春不再，但也是世事洞
明人情练达的大好黄金时光。

到了秋天橘红挂树的时节，天城山脚下总能看到"蜜
柑狩"的张贴。随处可见的橘林，不少橘园都由老两口打理。
门口放着小筐子，旁边摆着小台子，你只要在小台子上面
的小盒子里投币 500 日元就可以进入橘园，一小时之内随手

摘、任意吃，最后还可以带走一小筐。

　　我喜欢去由老夫妇经营的橘林采橘，喜欢采橘后在茅舍棚下在午后的暖阳中和老人拉家常闲聊。岛上的老人很朴素，笑容很和蔼，老人们智慧而本真的乐天生活方式常让我想到自己老后应该如何度过。常常话聊到眼前的天城山脉的夕昏顺着山脚爬上来，山顶的颜色只留下一抹残阳，金色的苍穹和赤褐的山肌，沉稳平静、肌理细腻，具有强烈的内省特质，仿佛能够倾听自己心声，像海水撞击山崖后跌落下来的溪流。夕阳的普耀，大气笼罩下天城山脉的

诸峰粗犷雄浑，宛如一幅画，拥有日式画风的淡雅，却又有西方油画丰富的色彩及冷暖变化。老夫妇说他们和我一样都很喜欢夕阳下的天城山，在夕阳最美的一刻，他们总会放下手中的活，敬畏地眺望远山。

喜欢观赏连绵起伏的天城山脉的日落西山。人到晚年，步入人生的夕阳，也应该是趋美的，美美地优雅地老去。看着岛上经营着橘园的老年夫妇，总觉得他们很美，活得很美。

老龄化的日本社会，老人在岛上随处可见，有些是原住民老人，有些是出售都市不动产后移居半岛安享余生的老人。也许是清澄的空气和明媚的阳光；也许是深层的海洋水和丰富的海产品，也许是自给自足的生活方式和乐观向上的人生态度，岛上的老人都很长寿，期颐寿星随处可见。岛内的电视频道里，新生新婚和死亡都有喜讯和讣告的播出，百岁以上老人仙逝的讣告频频见诸屏幕。开始看到感到惊讶，怎么都这么高寿啊！后来看到80岁的讣告就会感叹怎么这么年轻就驾鹤了呀。

家有一老，如有一宝；家有四老，坐拥四宝。沪上的四位长者，周末常来青溪家园看望孙辈。有一次看到前庭掉落的一地橘子便捡起一个剥皮后送进嘴里尝味道，又苦又涩难以下咽。就把地上的橘子剥皮后放在盐水里浸泡，说是一两天后便无涩无苦，两天后我尝了还是又涩又苦。

可能就是属于观赏而不是食用的橘子。国人视橘为吉祥物，橘与吉谐音，以橘喻吉，无论旧习新俗，新年将盆橘置于厅堂，象征着吉祥如意，一年顺遂。认为橘可兆财运，将橘挂在窗前，可吉星拱照。所以说起橘，四老滔滔不绝。

公公说以前在报上看到，我国四川省所产的橘子出口国外，每一吨可换回钢材十多吨，当时看到这条消息，很多人想宁可不吃橘，也要出口换回钢材来，为国家的重工业建设、国防建设作贡献。"建国还须建国防，取材海外有良方。何妨不食千头橘，尽换铮铮百炼钢。"我记得上一年级的时候为了大炼钢铁，去捡废铜烂铁交给学校，为了捡得比其他小朋友多而捡得废寝忘食，为的是博得班主任老师"真是一个毛主席的好孩子"的称赞。

我习惯斜靠在后院的长椅上一卷在手，似乎贵比皇后。一个晴好的周末，坐躺在后院翻阅闲书，阳光斜照在前庭的那棵好看的橘树上，草地上投下放射状的阴影，掉下的熟透的橘子，安逸地躺在草地上的斜阳下，不忍捡起处于慵懒惬意中的橘子，看看书看看橘红橙黄，不知不觉在深秋初冬的暖阳中迷迷糊糊地入睡了，梦见我的中国获奖、日本获奖的闺蜜作家又喜获英国"柑橘文学奖"，梦里和我一起坐在后院剥开前庭落地的橘子，非常甘润可口，就像在伊豆半岛的老夫妇的橘园里 500 日元随手摘任意吃的味道。

手倦抛书午睡长，书也读了觉也睡了，一天就是一辈子，希望余生就这么过。读书为了睡觉，睡觉为了读书，无书不成觉，无觉也就少了手倦抛书的惺忪迷瞢。起身看后院的那棵橘树，只见仅有的一只橘子伸出叶外悬在枝头将落未落，坐南朝北的寒舍处于北面的后院，光照远不如前庭，花开花落、果熟蒂落自然也会迟延滞后一些。植物无言，却契合了我们灵魂中最柔弱的部分，无须争夺、无须防卫的那部分，这里负责善意和喜悦，爱植物的，善意和喜悦会多一点，收获单纯的满足与平静，人更温和更淡然。欣喜自己次第向欢喜的人和物靠近。左琴右书，抚琴调心，笑看风轻云淡，闲听花香鸟语，借花木为名，活成自己想要的样子，染一身花香草木气。

秋意正浓，身在上海难以想象，秋天如果没有橘红的渲染，魔都的秋意缱绻将会是怎样的。郁达夫曾东渡求学，爱读他朦朦胧胧含含糊糊的暧昧调性的小说和散文，但读

到他写的上海秋天的文字，心有不爽，作为老上海人觉得
他没有给我们上海秋天以褒奖美言："江南，秋天当然是
有的，但草木凋得慢，空气来得润，天的颜色显得淡，并
且又时常多雨而少风，一个人夹在苏州上海杭州，或厦门
香港广州的市民中间，混混沌沌地过去，只能感到一点点
的清凉，秋的味、秋的色、秋的意境和姿态，总是看不饱、
吃不透、赏玩不到十足。"直截了当得一点不给南方的面子。

　　谷雨过后橘花开，跨过二季、历经十三个节气到了霜
降橘红可摘。看着前庭后院两棵孤零橘树，想着伊豆半岛
上的片片橘林，恨不能飞抵半岛的山野去走走，看那满目
的橘红。

得水能仙天与奇

时令年节，小时候过年的兴奋怎么也是找不回来了。岁峥嵘而愁暮，心惆怅而哀离，这一年又走到了头，心头抹不去的几分怅惘，它与小时候日盼夜盼盼过年的期待相距甚远。到了年头，流年逝去人老矣的哀凉袭上心头。

哀凉中就想想小时候过年的开心吧。看到水仙就知道要过年了，水仙是童年起就喜欢的花，至今不衰。

养水仙那是每年都要做的事，这让色彩暗淡、物质贫乏的那个年代，有了一点色彩，也多了一点生机，还带有一点仪式感，要过年了，可以有新衣服穿了，可以有压岁钱拿了。穿着新衣服，拿着压岁钱，坐在花香里，有水仙作伴的新年是我们这一代人小时候的集体记忆，龙应台回忆小时候说孩时家贫，唯一会买的花便是春节的水仙。

记得春节前，厦门的远亲总会送我们漳州水仙，三四个球根连在一起，我们把它养在长方形的浅盆里，压上大小不一的雨花石，盆中水仙凝姿约素，古雅得很，颇饶画意。为了催花开，太阳出来，我们会把花盆移到向阳处接受太阳的光照，下午日落西下，再把花盆挪到西边，让它继续接受阳光的沐

浴。为了控制翠叶疯长，盆里的水还不能多放，夜晚还得
把水倒掉一部分后置于窗台。天天换水，天天搬东搬西，
小心翼翼地伺候它。祖母老是说，水仙好养，要养好却不
容易，放水倒水，搬东挪西，侬要花开好，必须勤伺候，
这样袭人的花香、淡雅的风致才会心有灵犀。

"花要自己亲手养，看着它抽芽放蕊，才有情趣"，此话真是不假，如果像鲁迅写的那样由"丫鬟扶着，吐两口血，到阶前看秋海棠"，很难说是享受了。

小时候过年总能穿上祖母做的新棉鞋，穿上父亲照着纸样裁剪、踩着蝴蝶牌缝纫机赶在小年夜前做好的新衣服，吃着母亲烧煮的东坡红烧肉和羊糕，还有水仙花看。正月半元宵的味道在我们家总要来得早一点、浓一点。父亲正月半生日，又嗜甜食，正月半前，我们就开始做芝麻猪油绵白糖馅的宁波小汤圆，闻着水仙花香，吃着父亲拿手绝活的宁波汤圆，那水磨粉的汤圆皮壳薄得都能看到裹在里面流淌着的黑洋酥馅，想想现在再是多星的米其林，也回不到小时候的元宵汤圆的味道了。

水仙是多年生草花，生在湿地，叶子近似萱草。我们上海崇明的水仙与漳州的齐名，又同出一源。崇明的水仙单独一个，球根自然分株的不多，花香浓郁，经月不散，花瓣润白似玉。但不知怎么的直到现在脑

子里藏得满满的都是陶泥浅盆里的漳州水仙。

夜读宋诗："得水能仙天与奇，寒香寂寞动冰肌。仙风道骨今谁有，淡扫蛾眉簪一枝。"美哉宋人的吟诵。尤其第一句"得水能仙天与奇"，雅韵横溢，足为水仙歌咏。七个字中间夹着"水仙"二字，太贴切水仙了，就是为水仙量身定制的，移吟它卉不成。

又读到周瘦鹃的美文："……唐玄宗水仙十二盆赏赐虢国夫人，盆都用金玉七宝制成。夫人每夜采花一枝，将裙褶覆盖其上，第二天穿了去见玄宗，玄宗称之为肉身水仙。以金玉七宝制水仙盆，已见其俗，加

之肉身水仙，真是俗之又俗了。"不由忍俊不禁、哑然失笑，俗气是超出五官感觉之上的一种气体，它不是负面的缺陷，而是正面的过失。

插枝梅花便过年。梅花开了，水仙也就开了，清香自信高群品，故与江梅相并时。冬季、少花的季节里，寒舍里有了一盆水仙，聊以安慰一家子的人了。

吴昌硕以砖砚台供水仙，并以诗画宠之，系以序云"缶庐藏汉魏古甓，数事琢砚，供书画，苦寒水冻，笔胶不能下，儿童戏供水仙于其上，天然画稿也，拥炉写图，题小诗补空：缶庐长物惟砖砚，古隶分明宜子孙。卖字年来生计拙，商量改作水仙盆"。这首小诗调侃风趣中，也写实了巨擘吴昌硕曾经历的贫寒，道破了水仙宜植于石泥浅盆的审美意趣。

水仙品类多种，有一种洋水仙，叶片簇拥，花朵从中站立，作盆供欠损淡雅高洁脱俗的美感，花期比其他水仙会迟一些，春天里与郁金香、风信子等一样规整地栽在土地上，花大色艳无气味。中国传统文人对水仙的定位是绿裙、青带、黄白花，花朵超凡脱俗，入世不入俗，出世不离世，清透缟素古意，洋水仙当然是入不了他们法眼的。

清秀端丽之姿，却在冰天雪地、天寒地冻时开花，性高洁，遇水即见仙格。历代诗人都将其人格化，外表柔弱、内心刚强，清真处子面，刚烈丈夫心。借水开花自一奇，水沉为骨玉为肌，水仙单靠水养就能开花，水晶宫里成仙女，就像仙人餐风饮露，辟谷食气不食人间烟火，自然天成大美不言。

国人甚爱水仙，但成片种植的好像还是洋水仙，即便是浙闽粤一带，好像也没有大片的水仙观赏，据说漳州近年有了成片栽培基地。我们从小时对水仙的认识就是"得水能仙天与奇"，一盆清水中遗世独立生长起来。到了日本，才知道它们可以大片大片地生长在海岸边、山野上，可以有和我们认识中不一样的壮美。

日本成片的花浪各地都很风靡，还有不少大片水仙的野生地，赫赫有名的三个水仙群生地濑户内海的淡路岛、福井县的越前海岸和千叶县水仙之乡都是日本列岛的水仙乡。我曾去过这三个地方，因是顺道，都没有撞上水仙花期，水仙的花期很短，最盛状态仅是两周而已。

　　伊豆半岛的南伊豆下田，1853 年美国将领佩里率领黑船舰队首次抵航日本，下田开港，日本开国。幕末明治大正昭和平成到令和，170 年的岁月，享有开国荣光的下田港处变不惊，见证并述说着大和国的前世和今生。我曾搭乘黑色海盗船巡港游览，在浪花拖尾海鸥伴飞中感受历史，想象着日本迎向并拥抱世界的那个年代。我多次去了下田的瓜木崎的群生地水仙园。海边泽地大片水仙自由自在地生长，看不出打理却打理得很好，最大限度地保留了野生植被的视觉质感。

　　"伊豆的太阳水仙祭"，可谓伊豆半岛别致的冬日花事。

　　水、风、光、天空、大海，瓜木崎，300 万枝水仙在其间共生，临

水照花、迎风招展。与人造花海不同，自然形成的野生群地，时而花集，时而花散。好天气、盛花期，蔚蓝的大海，长天一色，天光甚暖，遇水见仙格，更何况遇见茫茫太平洋的海水。能见度高，远眺的伊豆诸岛，与鸟虫屋望去的所差无几。这与中国古时文人的一株、一直、一花、一叶地坐对观赏水仙的情趣大相径庭。

瓜木崎水仙园里，洁白的灯塔，与城崎海岸的灯塔是同款，乌黑的玄武岩石柱，和北爱尔兰的巨人之路一如同辙。水仙生长在观海绝佳地，园里白色灯塔，有一种火山喷发后形成的神奇的柱状，海边有独特的火山岩，浅蓝色的小港湾，沿着吊桥，感受自然的惊喜。

水仙吐蕊绽放满开之际，青翠欲滴的叶片、亭亭玉立的花梗，映托着春雪般的楚楚怜爱的花朵，阵阵芳馨随着太平洋的海风拂面，陶醉在花香中，在自然的花香中，夹杂着海味的花香中。

东洋人和中国古代文人一样，特别喜欢楚楚怜爱的单瓣水仙花，偏爱简洁朴素之美。

水仙群生地间有开着花的红色芦荟。喜光喜暖的芦荟，有光且暖方能开花，为它大而丰厚常绿簇生的美丽叶子而折服，长势狂野、桀骜不羁。知道芦荟精华，又见芦荟花艳，与群生水仙在蓝天下海风中互动展示别样风采。

冬日阴冷晦涩，情绪低落，就更想看花。一俟天空放晴，放下案牍去爪木崎海风中观赏群生水仙。上一次去看时膝疾疼痛中，还是抵挡不住去面会水仙的诱惑，在花多人稀的花海里，看着"留下脚印两对半"照片的背影，想起改革开放初期的流行歌曲《外婆的澎湖湾》里的唱词："黄昏的沙滩上有着脚印两对半，那是外婆拄着杖将我手轻轻挽，踩着薄暮走向余晖……"

海边的山坡上铺陈着无数的洁白萌黄小花，海风不紧不慢地吹着，绿枝摇曳，似乎在互诉着爪木崎海岸的美好、太阳的暖人、生长在伊豆半岛的惬意。

我知道爪木崎漫山遍野的群生地的水仙知名度不如三大名所的群生地的水仙，但在我的心目中它一定比它们更美，因为它群生在伊豆半岛上。

早春二月河津樱

不依时节乱开花？不是的，日本的河津樱就是这个时候开的。

日本的东北还是搅天风雪，很多地方依然水瘦山寒，伊豆半岛春天的脚步非常勤快，到处像催生婆似的催生着花事，花花叶叶芳菲了半岛的山野阡陌。

元月半岛南端的下田爪木崎漫山遍野的海边群生水仙祭落下帷幕后，二月便早早地轮到了红粉烂漫的河津樱登场了。

伊豆半岛花事稠，年中花事最盛的当数河津町的河津樱了。坐落在伊豆半岛东南方位的河津町，也是电影《伊豆的舞女》的取景地，天城山脉茂密森林源头的河津川缓缓注入太平洋的相模湾。沿着河津川有一条绵延4公里的河津樱散步道，除了粉红的樱花，还有金黄的油菜花，早春柔顺的光照下，微风中轻摇的油菜花与河津樱交相辉

映，金黄与粉红交织了的入画风景。

　　伊豆半岛的地铁沿线处处布落着温泉，下了地铁即可扑入池汤赏花观海。这里有的老牌温泉已有长达 1200 年的历史。伊豆半岛乃至热海一带的海景区，全域都归属于富士山区域的国家公园区，这里的温泉还能看到富士山，但是因为在山带上，交通不甚便利，这就使得伊豆温泉境外游人不是那么的多见。最近交通已全线开通，东京还有直达景区的地铁，山路筑有赏樱步道，另有画廊、美术馆、博物馆、主题公园等多种配套设施，可谓赏樱的好去处。

浸泡在温泉里赏樱花满树、看樱花飘落，岂是"惬意"二字能够穷尽。东京、大阪、京都这样人山人海的大都市，即便挤在赏花的路上，那份惬意已是打上折扣。远离大都会的喧嚣，在樱花盛开的季节，将身体浸没在温泉中静看花开花落，那份孤芳自赏不被打扰的自乐，带来的除了体感的惬意，也带来了精神上的自我满足。

伊豆半岛的暖阳，让河津樱成为日本本岛花开最早的樱花。花朵满开呈粉红浅紫，温婉妩媚的烂漫。青山绿水间，碧海蓝天下，年年铁定的 2 月 10 日至 28 日的花祭，200 万的爱花人前来看望河津樱，比河津町小镇的人口还多的 8000 棵河津樱云烟灿烂，一派绯色笑迎爱花人的远道而来。

自驾 135 国道和 414 国道可抵，只是中日两国间的驾照没有互认，东京站伊豆急行或品川换乘舞女线，约 2 个半小时可抵达山海围绕的河津町站，出站便可看到大片的河津樱，步行 5 分钟，即可到达赏樱的中心名地。河津川长长的河道两侧，850 棵满开的河津樱，两条粉红色缎带，随风起舞。沿着河津川樱树並木（日语，指道路两边成排的树木）一直持续 4 公里之长，大大的花瓣重重叠叠，花色由淡粉红到淡紫色次第泛进，给赏花人填满了粉红色的回忆。

河津川的东岸，从来宫桥延伸到荒川桥，水位低得人可以行走在河堤上观赏粉色的樱花和金灿灿的油菜花。舞女会馆附近，两侧的樱树已枝叶交叠形成並木，沿着游步道在遮蔽天空的樱花隧道中慢行，伴随你的是穿越人间天堂通向粉红色的仙瑶梦幻。整个河岸粉紫粉紫的，放眼远处的点点家屋，一种世外桃源的别样。

花祭期间，小镇的巷百旁设有很多当地小吃的摊位，也有农家将自家的水果蔬菜海产品等土特产拿出来售卖，每次去河津小镇拜见河津樱，我的胃总是被樱花鲷鱼烧糕饼、樱花团子、樱花冰激麦等塞得鼓鼓的。

河津七瀑的山葵全日本首屈一指，高端寿司店和怀石料亭的芥末非它不用。直流而下的净莲瀑布，满足了优质山葵湿地对纯净水质的挂剔，净莲瀑布对面就是舞女步道的起点，感觉走进了原始森林，这里都是被保护区，除了蓝天上飘动的白云，所看的都保持原貌不动。前年我在一个自家制的芥末摊位上，买了加工成粒状的玻璃瓶装的芥末，价格远比一线店家贵得多，但物有所值身价放在那里，我带回上海送给了亦师亦友的美食家。

樱花团子 70 円、樱花叶团子 250 円、樱花冰激凌 400 円、樱花烤糯米团 400 円、鲷鱼烧烤 400 円、河津樱啤酒 500 円……各取所需，即便是最便宜的也都很好吃，就像河津町旅店的住宿从 3000 円到 50000 円都有一样，各取所需，即便是最廉价的也都有温泉可泡。

日本多火山，带来多温泉的恩泽。温泉储淀着一年的风霜雨雪，流淌着湿气文化的花红叶绿。穿过通向旅馆福田家的原木色木桥，就是一栋二层的小木屋，伊豆的舞女的铜像站立在小旅馆的门前。

河津町的福田家，是我的爱泊。1926 年川端康成在这里完成了他的成名作《伊豆的舞女》，这位日本第一位诺贝尔文学奖获得者，在斯德哥尔摩颁奖典礼上的演说词《我美丽的日本》，将日本的美丽、伊豆的美丽传遍了世界的每一个角落。据说山口百惠和三浦友和也会时不对来这里走走，毕竟这里是两人故事开始的地方，这里的花花草草山山水水可真的是好，也许就是这样净美的环境，这么好的相遇，有了自带滤镜的故事。

小说的同名电影由山口百惠和三浦友和主

演，取景之地就是当年大文豪写小说的河津町，而小说中出现的温泉旅馆同时也是大文豪长期居住写作的地方，这家旅馆就是"福田家"。一楼是小型纪念馆，有各种和《伊豆的舞女》有关的文献资料，以及大文豪本人在福田家留下的照片，浓浓的大正昭和的怀旧调性。仅有十间客房的福田家，其中还有一间当时大文豪写作居住的房间，一般不对外接受预约。

　　一天爱儿悄悄地凑近我说：

　　"订到了那间房间啦。"

　　"真的？"

去河津町赏河津樱，还能下泊河津町福田家大文豪当年写作的那间房，天赐美意啊！

我叮嘱爱儿将《伊豆的舞女》小说带上。那间房间依然还是当年原来那样的格子轩窗、原来那样的低矮案几、原来那样的对弈棋盘，还有原来那样的黑白棋子。办完入住后我迫不及待小步快走地去在《伊豆的舞女》的小说和电影中多次出现的、依然还保持着自开业以来原貌的汤野温泉入浴，池中我微合双眼，想象着小说和电影的情景：二八芳龄可爱的舞女熏子在浴池旁，滋润着温泉的快乐，户牖里传来三味线的琴声，对少年爱慕之情洋溢在温泉，可爱的舞女微笑，笑容里的那份腼腆……

庭院中不大的半户外温泉浴池，水温 40 度上下，人入其中，不会有闷热感。池边有树、有河津樱，也少不了垂樱。木造结构的旅馆高低错落，幽幽灯火隐隐地从木框细条灯罩中泄出，木材的温润质感在昏暗的灯光下，倍感"家"的暖意，家就应该是热气腾腾、滋滋润润的。

回到那间透逸着大文豪气息的和室，我不会下围棋，和爱儿一起在敦厚的实木棋盘上玩了五子通关。夜深人静，窗外河津川的水流声清晰入耳，父子俩入睡了，我轻声慢步蹑手蹑脚地下楼去前台再去看看大文豪的书法墨宝和先后出演舞女的一线女演员的电影海报。见我下楼，女将福田女士前来照应，我俩在无语言障碍、无文化抵触、无任何他人的祥和融融中低声细语地互动着，她惊喜一个外国人对川端、对舞女、对山口百惠、对河津樱竟能如数家珍娓娓道来，她索性沏了一壶茶，拿了两个小杯，我俩灯下安坐长聊，得知福田女将曾给挑灯写作的大文豪添烛加墨，得知她在东京女子福祉学校讲授日本传统文化礼仪，得知她福田家一般一周仅来一次，又得知大文豪在公共文献未曾载入的逸话轶事，以及自杀的真正缘由和方式。感铭女将对初识之我的信任，没有相约却有缘能夜间偶遇话聊，我对福田女士说，我会把那些未曾流向公众领域的话权作天方夜谭，随风而去，她回馈了我一个信赖的眼神。

《伊豆的舞女》，让世界认识了白色细软沙滩、天海一色美丽静谧的伊豆半岛，而河津樱，给半岛平添了一抹绯色，在二月春风似剪刀的

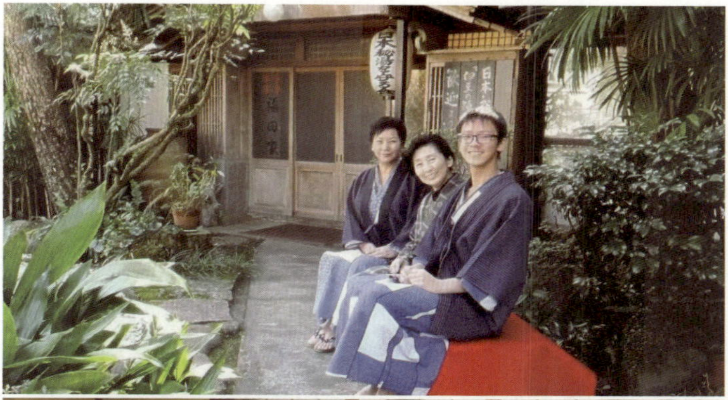

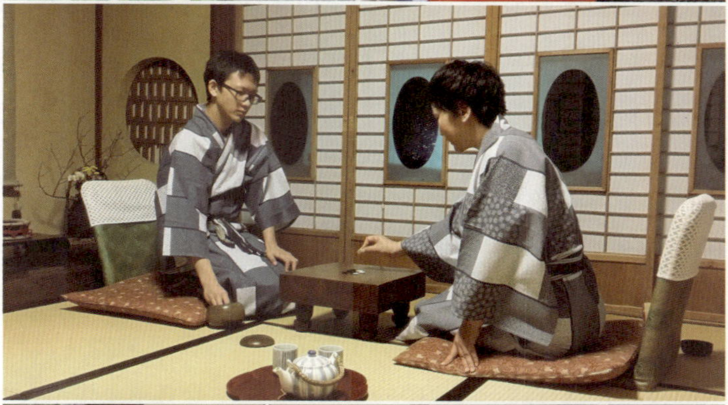

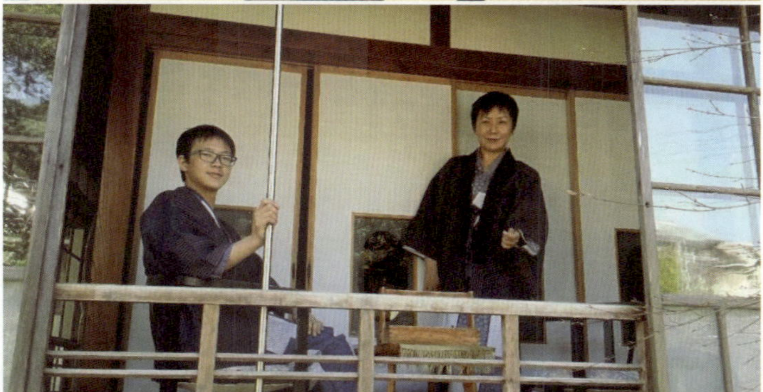

日子里，为了这片绯色，多少爱樱人搭乘舞女线来到河津町，漫步河津川两岸，在一派绯红中一醉。

河津樱伊豆半岛的绯色少女，被日本称为早樱之母，代表了好运和吉祥。但河津樱在日本百余种的樱花中其地位并不是老牌。

1955 年，河津町小镇的居民饭田胜美在静冈贺茂郡偶见一棵樱树幼株，便和她的忘年之交胜又光也一起将该幼株移植到自家庭院精心栽培，年复一年的悉心照料，十年后的 1966 年，她的全力用心付出得到嫣笑回报，这棵樱树竟开出了绯红的五瓣花朵的樱花，无与伦比的美。离世前，她嘱托她的忘年交一定要照护好这棵珍稀金贵的樱树，要让它在伊豆半岛大放异彩。两年后，这棵樱树通过大量嫁接，胜又光也将新栽培的种苗种植在河津町，并命名为河津樱。自此，河津樱带着忘年之交的凤愿蓬勃生长，一路绽放飞扬的青春。

有推定河津樱是大岛樱系的樱花和寒绯樱系的樱花自然交配种而形成的樱花，也有推定河津樱的双亲中，一位是日本土生土长的大岛樱花，另一位就是从中国引进的樱桃种花，我则更愿意相信是后者的推定。河津樱被视为中日友好的樱花，山川异域，日月同辉。

二十多年前，早大法科的师姐得知我从东京转辙故里执业，送我家一棵河津樱，我把它种在后院里，看着这棵手植的河津樱在青溪院里花开，就会想起这个世界上有那么一对忘年交厾时光和生命培植河津樱的美丽故事。半个多世纪过去，河津樱走出河津町，走出伊豆半岛，走出扶桑国，把一片绯色洒向了世界，也洒进了我们家的宅院。

去年去了，前年去了，大前年也去了，每年都会拜见你，绯色的河津樱。2022 年的第 32 回的河津樱祭缺席了，这疫情把世界改变了许多。

早春二月伊豆半岛的河津町花已是一片绯色花海了。没能拜见就写小文一篇，致歉爽约。

杜鹃花开映山红

2021 年 7 月，建党百年之庆。

抵上海中心，映入眼帘的是上海之巅观光厅党史展览的指示牌，随之径直而上 118 层，一侧是中共建党后艰苦奋斗的历程，另一侧则是一览无余日新月异的上海，饱览百年荣光，感铭过往和现今的强烈比对。观毕下楼至办公楼层，事务所大堂前台血红的党旗板墙吸引着每一位律师的目光，从前台走向办公室，火红的百年党庆的所宣、各地分所的红色之旅的展示，穿行在弥漫着红色的过道中，恰似穿越在往昔峥嵘岁月的时空隧道里。殷红猩红、火红火红，这使我不由想起了曾穿越在伊豆高原的通红的杜鹃花隧道……

杜鹃花又名映山红，农历三月间杜鹃啼血时，杜鹃花便灿灿烂烂地怒放了。除了这两个花名，还有其他诸如踯躅、红踯躅、山踯躅、谢豹花、山石榴等别名，日本称杜鹃为踯躅、皋月。杜鹃花枝低则一尺余，高则近两丈。一支着花三五数朵，花色有红、白、紫、黄等诸色。

伊豆高原有两座山，一座是大室山。因在山脚下植有百余种类的樱花，那一片也被誉为樱花的故乡；另一座山是小室山，在山茶花开后的四五月

就是杜鹃花开映山红的时节，远远地望去如蔓延在山坡上的红地毯，又似无限延伸起伏的彩带飘向一片汪洋。站立在小室山的山顶，北望是富士山，东览是白帆点点的相模湾，南瞰是伊豆半岛外的七个离岛和房综半岛，西眺是天城连山，360度宽屏，视野无限。35000平方米、40种品类、10万棵木本杜鹃，每朵五六个花瓣，花蕊似蝴蝶须毛，一朵挤着一朵，一枝挨着一枝，楚楚动人，将小室山装扮得分外妖娆。

人间四月天，世人看杜鹃，日本列岛的赏花客纷至沓来。爱花如我，多次在杜鹃花开映山红的时节登上标高仅 321 米的小室山，穿行在映山红的杜鹃花隧道，每次都会情不自禁地哼唱映山红的旋律，"岭上开遍哟映山红……"童年时在电影《闪闪的红星》主题插曲《映山红》中知道了映山红就是杜鹃花，潘冬子也成了我们这一代人共同记忆中的红孩子。

"夜半三更哟盼天明，寒冬腊月哟盼春风，若要盼得哟红军来，岭上开遍哟映山红……"悠扬委婉扣人心弦的主题旋律和那情绪饱满感人至深的画面，坚坚实实地厚植在我们这一代人的脑海里，伴随着我们这代人心灵萌芽的生长。影片中那怒放的映山红，点燃了我们儿时的激情，也承载着我们对未来的梦想。

在依山面海野趣盎然、杜鹃红遍的小室山的坡道上，边走边忘情地唱着，竟把四个"盼"唱得一个也不漏，与其说大凡孩提时期的记忆拥有过目不忘入耳能详的超强性，还不如说是潘冬子的深刻人物形象和映山红的浓烈火红的冲击力烙刻在我们这一代人的心坎里了。一套四张的《闪闪的红星》剧照，是我们当时的心头好，而我又更偏爱其中的冬子和妈妈相拥的那张，妈妈红色的襟袄暖心的色调、慈爱的目光、幸福的神情温暖着冬子，也温馨着我们这一代人。

在杜鹃花开、映山红遍的伊豆小室山，我和爱儿模仿剧照摆拍的那一张母子照成了我们的珍爱，它珍藏了童年的记忆，也珍藏了时代的记忆。

闲坐花前抚今追昔，不禁回肠荡气。望着杜鹃花那火红的花瓣形成

的红色花海，不由想到中国土地革命时期，在中国共产党的感召下随着
如火如荼的大革命，数万名农民自卫军和义勇军在党的精神指引下展开
的武装起义，武装起来的农民手拿梭镖、肩扛土枪，向反动派发起进攻，
无数先烈血染大地，建立起了革命根据地。

　　斗土豪分田地，革命先烈抛头颅洒热血，此时此景，我热血沸腾。
为冬子的豪迈气概所鼓舞，为红军不畏抵抗而激昂，《闪闪的红星》画
面在脑海回放。

　　村落外、海岸边，映山红满天。徘徊在杜鹃花间，海风拂面涛声响，夕阳山外山。夜幕降临了，为杜鹃花事而设置的红色系列的射灯燃起了。最美夕阳红，温馨又从容，黄昏夕阳，交融弥漫，不见发端，不见终极，将美丽闪烁于山坡的杜鹃，相比蓝天白云阳光普照下灿烂多彩的杜鹃，更多了一份壮观，更使人激亢。不知是夕阳染红了苍穹，还是杜鹃映红

了天空，抑或子规夜半的啼血浸染了漫山的杜鹃。红光闪烁，"红星闪闪放光彩，红星闪闪暖胸怀……"红星、红旗、红花、红光，还有红的夕阳，一片红色融入红色血脉，激荡着赤子之心。

　　古时中国文人和日本文人诗咏杜鹃花时，多会咏及鸟中的杜鹃，甘愿相信是杜鹃啼血染成红色，子规夜半犹啼血，不信春风唤不回。对杜鹃偏爱有加。诗仙太白有诗云："蜀国曾闻子规鸟，宣城还见杜鹃花。一叫一回肠一断，三春三月忆三巴。"诚斋野客也有诗云："泣露啼红作么生，开时偏值杜鹃声。杜鹃口血能多少，恐是征人滴血成。"日本明治时代的著名俳人正冈子规创办的俳句杂志取名即为《杜鹃》。

　　鸟虫屋的门扉两侧和石阶旁边植有红、白杜鹃，下部枝条从伊豆苔石斜出，苍古不凡。我喜欢在杜鹃满开的时节，有事无事在开满杜鹃花的石阶上上下下走动。杜鹃在中国已有千年历史，据说东洋的杜鹃由华夏流入。我爱杜鹃，爱它的根桩独特，爱它的色彩丰富，更爱它所承载的历史和内涵。没有牡丹高贵，没有芍药雍容，也没有荷花清雅和水仙的娇嫩，生长于山野，不因无人赏识而孤寂凄凉，只为春天的到来而辉煌。

　　一路杜鹃不负侬，依山傍海映山红。

笑看菖蒲今犹在

端午前夕我竟然在 315 国道的伊豆海洋公园附近的超市看到了一束束根部带泥的菖蒲，应该归放在花卉植物区域，却横卧在蔬果区域那里。我好奇地看了又看，觉得比千百卉里的菖蒲长得俊俏多了，便买了一束。菖蒲是我喜欢的，并不伟岸的身躯，却藏着坚定淡然的气质，朴素清寂，被君子拿来自比的高洁之物。正值母亲节前，又去鲜花柜台买了四种颜色的康乃馨。

回到鸟虫屋，小心翼翼地取出年代久远的用于茶道花事的竹镂花器，小心翼翼地悬挂在前庭后院间的门扉，将菖蒲送入其中，为驱邪避害，更为缅怀久远的屈子。望着花器里的菖蒲，遥想出身名门、千古第一的浪漫主义爱国诗人，端午的这一天，在菖蒲的清香中，诵《离骚》，咏《九歌》，叩《天问》，理解文章中香草美人的真正的指向。

香草除了表达诗人崇高的品德，也指代君王，通过香草来表达自己的举贤任能的政治主张，来警示提点楚怀，只有像舜尧这样的明君方能聚集群芳，用香草比兴，蕙茝指代那些贤臣，申椒和菌桂指代邪恶的小人。

美人的意向贯穿全文，美人到底指代什么？"唯

草木之零落兮，恐美人之迟暮"，这里的美人比喻君王，担心君主不能及时建立功勋，很快老将至矣，但美人主要还是和多次"求女"的行为相联系。"求女"到底有什么难以言说的政治讽喻呢，以至于屈子多次从美人这个反复的意向表达入手，用美人来表达自己的求取贤臣的政治抱负。

通过香草美人这些意向比喻，借助特定事物来喻意，采用比兴、联想的手法看到屈子的内心世界。借用香草来比喻自己的崇高品格和政治抱负，求美人的过程来求贤臣，寻求志同道合有远大理想的臣子之后才能有机会获得贤明的君主。

上中学时的那个年龄读《离骚》，是难以甚解的，还有不被完全解读的华夏远古时代的人类生活场景。楚国楚地的先祖在请神灵保佑社稷风调雨顺、保佑百姓福禄安康的祭祀典礼上，巫师会堆出一叠叠的菖蒲，菖蒲浓浓的香气里似乎藏有一层神秘的帷幕，通过帷幕巫师似乎能与神互动，巫师将祭祀的酒洒到菖蒲的剑状细叶间，弥漫着菖蒲的清香和酒香的空气中，"神意"和"人意"抵达无须言语的和谐交融。

据说端午节的发端起于驱邪避害、乐民安康的健康节，但屈子为端午节注入了自己看不见的灵魂，使端午节成为一种含有那么一点悲壮和温润的节日。

端午节成为国定假日还是近几年的事。小时候端午节还不是国定假日，但还是留下满满的端午记忆。

有祖辈的老人在，儿孙们端午景总是别样的不同。

小时候佩戴健人等端午挂件，我总是被挂得漂漂亮亮的，总是比邻家的孩子更出挑。祖母工女红，一双巧手擅作这类精细手工的玩趣饰品，为了给孩子们辟邪健身，老人是不惜时间和工本的。先用一片彩绸缝制一个"大"字样的娃，骑在一只小老虎的背上，下面再加上绕线的铜钱，绕丝的小角黍、绸荷包，内藏雄黄或衣香，这些小玩意再用丝线串联起来，色彩亮丽斑斓，在那个男女老少灰蓝一色的年代，真是太好看了。

我最喜欢的是香荷包。大大小小的香荷包，小的只有指甲盖大小，不知道香荷包里放的是哪类香草，可能是菖蒲，也可能是艾草，还有可能配一些雄黄甘草类的，味道浓得化不开，"幽香""暗香"是想用也用不上的字眼，但却能使人心安神宁驱邪避害。

还有人家在厅堂里挂上钟馗的画像，他能杀鬼，菖蒲挂在门上，以蒲作剑吓退鬼神，也有人家门上张贴蛇、蝎、蜈蚣、壁虎、蜘蛛等五毒符，用铜脚炉焚烧苍术、白芷、云香等，再点上一根蚊烟条，放在每一间的房屋里紧闭窗户烟熏，熏到烟雾腾腾，以辟邪除毒，似乎迷信，好像也有点科学，但确确实实很卫生、很健康。

农历五月五，家家户户挂菖蒲，小孩子身着画着老虎的黄布衫，用雄黄酒洒在小孩子的额头上，写上"王"字，佩戴健人、菖蒲艾草雄黄香荷包，剥开清香的粽叶大口豪吃糯米粽……孩提时代的端午景就是这个样子的，但像上海这样大都市里的小孩子很少有机会去看龙舟。

　　如今端午节作为国家非遗文化已纳入国定假日，生活便利了，时间更多了，但粽子还亲手包吗，额头还点雄黄酒吗？门前还挂菖蒲吗？家里还熏艾草吗？还挂香袋去看龙舟吗？还诵咏《离骚》《九歌》《天问》吗?!

　　我们孩提时的端午景是难以拷贝不走样地复制到现在小孩子的身上了。

　　我家爱儿似乎还有着那么一点的幸运，出生时穿上了耄耋之年的太外祖母缝制的软底黄色虎头鞋，学龄前外婆给抹上额头的雄黄酒，奶奶教他门前挂菖蒲，外公领着他挂着香袋看龙舟，爷爷手把手地教他学包端午粽却始终没有包成形一个，只见那些不听话的米粒在爷爷的手中，在粽叶、麻丝线的交互中乖乖地成了三角形的、枕头形的粽子，不可思议的是爷爷竟然还能包出六角八面体的艺术品粽子。元宵汤圆是家父的绝活，端午粽子则妥妥地让位公公了，上海男人把家事当事业，把传统食品做得入口入目还入心。

　　话说端午粽是为了纪念屈子，后来渐成满足口腹之欲的食品了，很少人再想将其投水祭屈子了。

　　端午龙舟竞渡相传也是凭吊屈子自沉汨罗而设，不仅仅只是竞技健身的。

　　我们业内也有一个龙舟竞渡，由魔都的各区律师组队，在端午期间在东方绿舟划桨比先，我不仅躬与其盛，还与另一位年轻才俊 Z 律师现场主持了龙舟大赛。

　　训练有素的赛手们个个英姿飒爽，坚毅的眼神、矫健的步伐，告诉台上的观众，他们夺冠的信心。

　　我们两个在台上的主持人轮流地介绍着开幕式上高擎队旗先后入场的各区赛队的情况。闵行队出场了，台上一片欢呼尖叫，啦啦队的舞蹈也跳得更加欢快了。他们是上一届 2013 龙舟竞渡大赛的冠军，本届

2017年他们信心百倍、自信人生二百年，相信本届两连冠无疑，天时地利，队员基础好，东方绿舟又离他们所在区最近，可以更多地训练。徐汇队喊着"山中猛虎，水中蛟龙，披荆斩浪，我们来啦"的口号冲冲杀杀地入了场。有公司律师、公职律师和外籍律师组成的特邀队也踏着高音喇叭播放的进行曲节奏有腔有调地出场了……

参赛队出场齐备，律协会长龙头点睛仪式后，随着裁判的一声枪响，龙舟脱缰而出，只见蛟龙出海百舸争流，赛手们身穿队衣、头裹彩帕，雄赳赳气昂昂把桨奋力，勇往直前，赛场上锣鼓喧天，彩旗飞扬，只见龙舟倏前倏后，各不相下。他们好似蛟龙，乘风破浪，任由浪花绽放，用激情拨开每一桨。

龙舟赛具有凝聚性、竞技性和观赏性，是深受大众喜爱的一种运动。划龙舟讲究的是一种精神，那就是心往一处想、劲往一处使，可谓荣辱与共，同舟共济，这也是龙舟赛的宗旨。精彩纷呈不输给奥运会的龙舟竞渡结束后，盘点反思，为没有将粽子入水祭屈子的细节融入，是不可原谅的疏忽，应植入些文史。

笑看菖蒲今犹在，爱怜屈子不归还。

草木有心，人间有情，说到菖蒲我们总会联想起端午。端午的菖蒲，也就是我们熟悉的水菖蒲，水菖蒲生长在沼泽地、溪流或水田边，直立水中，除了水菖蒲，还有石菖蒲、唐菖蒲和花菖蒲之分。

明代王象晋《群芳谱》有载："若石菖蒲之为物，不假日色，不资寸土，不计春秋，愈久则愈来密，愈瘠则愈来细，可以适情、可以养性，书斋左右一有此君，便觉清趣潇洒。"

我喜欢养菖蒲。民间有传说养菖蒲能使女子日渐清癯、日趋赵飞燕的清丽飘逸，明知自欺欺人，却也甘愿被欺，传统的中医不是说以形养形吗，女人身孕时，多看些漂亮的娃娃图片、多看看美丽的花朵、多听听悦耳的音乐，就会生下一个漂亮聪敏的宝宝，这是胎教，也是心理暗示，相信我行我行我一定行，最后冥冥之中真的我就行了。

我爱水菖蒲，也爱石菖蒲，两种菖蒲同出一派系，而形态各异。水菖蒲玉树临风，石菖蒲清丽隽秀，寒室案头此君常伴。

紫阳花开梅雨季

　　大洋彼岸没有黄梅天，赴美一个多月，对节气的感觉有些钝化了。

　　飞往上海的航班因疫情被熔断，易辙取道日本。登上全日空从纽约飞往东京的机舱，电视界面壁纸上那紫里透蓝的紫阳花唤醒了我，东京入梅了，我的故乡上海也入梅了。这个世界春天越来越短，短

到几天就没了，转眼就是一年梅雨季，又到了紫阳花开时。

　　顶着难捱的时差、处理了手头紧要的工作后奔向伊豆半岛。百余次的伊豆之行，每一次依然有心动，相见如初好。即便是梅雨多雾的当下，天空还是湛蓝湛蓝的，岸边蓝色的紫阳花和空中的碧云对视着。天蓝蓝、海蓝蓝，花色亦蓝蓝。在左侧是海、右侧是山，名为"蓝天海岸线"的蜿蜒车道上前行着，好山好水好风光弥散了时差的困顿。每每行驶在长长的天水一色的海岸线，总会想起川端康成所言：伊豆是诗的故乡、是日本历史的缩影、是南国的楷模、是所有山色海景的画廊，整个伊豆半岛就是一个大花园，是大海和森林的故乡，富有美丽的变化。

　　幸福的时光感觉时间会缩短，难熬的时差在入画美景中也会减缓，不知不觉伊豆高原就在眼前了。

　　推开铁栏栅门，沿着敧曲缓坡拾阶而上鸟虫屋。走进六月，就是站在黄梅雨季的入口，紫阳花开了。石阶旁、院墙边、断壁残垣间，晚风轻拂中的紫阳花悄悄静静地引颈翘首探出含笑圆脸迎候着久违的主人，却没有半丁点的憋屈，也许它也知道，这个世界被疫情折腾得很无奈。端视着善解人意紫里透蓝的紫阳花，又喜见一只背着沉重硬壳的蜗牛在宽厚青绿的叶片上满怀着希望向前蠕行，航班熔断的不爽瞬间烟消云散，转而窃喜，要不就又是一年错失盛开的那份欢喜。

得悉漂浮在太平洋上的伊豆七岛中的大岛正在紫阳花祭，翌日早早地从城崎海岸赶至伊东港，渡轮半小时后抵大岛。

岛上的天气瞬息多变，尤其是离岛，更况正值梅雨季。阵雨搅扰后的阳光间隙露脸，跟随在大岛栽培紫阳花近半个世纪的蔼蔼长者。——照面了不争不抢悠然自放的品品诸般的紫阳花，绵绵的雨季中那湿漉漉、黏糊糊的烦闷低落心绪得以纾解，并渐次朗豁起来。被扶桑人称为镇魂之花的冷色调系的紫阳花，还真是能给人一份安宁，这就能够理解日本寺庙多植紫阳花的缘故了。

人间五月，芳菲已尽，而恬静内敛、温存雅致的紫阳花却开了。梅子黄了掉落后，浅绿浓绿青翠一派的植物里，有色有彩的就是紫阳花了，当属霏霏雨季里不二的花旦主角，它的低歌独吟，在涩郁不快的梅雨节气里，给人带来或深或浅的慰藉。那苍劲的枝条、碧绿的叶片，昭示着强劲的生命力。在花茎枝条上吐放着的每一朵花球中，精致玲珑的小花们挨挤着，花瓣相守着花瓣，不离不弃生死相依，恰似一户抱团和睦的大家庭。从那"永恒和团聚"的花语里，不难理解在欧美的婚礼上，为什么新娘手中的捧花往往是高贵典雅、花团圆簇的紫阳花。花相贵气的紫阳花在栽培上却不乞求些许的呵护，自强不息的生命力找不到半丁点的娇柔，在初夏的惠风中不紧不慢地抽枝吐蕊，在梅雨中

层层蕴蓄自我成长，直至叠出硕大花球绽放她那份初夏中无可取代的别致。

　　人口仅 7000 的大岛，却雀蹦着与岛民融洽相处的 7000 尾松鼠、20000 头猴子、25000 匹山羊的生灵，更为浩浩荡荡的是大岛上满开着 300 万棵的紫阳花。健朗的长㝵以自慢的口吻滔滔不绝地如数家珍。我

凑近长者悄然神秘地说，大岛南部的波浮港还有川端康成笔下的伊豆舞女的原型，那个爱情故事很怀旧，还有一个那个浪漫故事的纪念馆。

大文豪曾言：假如一朵花很美，那么我就会喃喃自语说要活下去。

紫阳花乐水，是雨季的仙子，海水环抱的大岛上那荒野尽头的紫阳花，六月的梅雨使它出落得美丽。也是因为雨，使它能调度颜色，一天里随着雨水和光亮的不同而色变，给平淡的夏季带来起伏，这份美丽可以贯穿整个六月。漫长潮湿的黄梅天，也因为有了紫阳花的陪伴而内心不是那么地抵抗黄梅雨季。

伊豆大岛，一日看尽紫阳花，内心挤满名称各异紫阳花的欢喜，黄昏前返回伊东港。

紫阳花又名绣球花，据说紫阳花因日本古典名著《源氏物语》的作者紫式部而得名。紫阳花的祖先们曾浩浩荡荡地在伊豆半岛的山间海湾野生着，火山喷发释放的二氧化硫使得伊豆半岛的土壤呈现酸性，而土壤酸度越高则花色越蓝越紫，蓝里浸紫、紫中渗蓝，荧光剔透的紫蓝煞是好看。

也许是出身贵族文人世家而又天资过人的紫式部深谙音律佛典、邃悟彼岸净土，并通晓中国唐诗，使得千年前问世的《源氏物语》巨著中的美学意识、禅宗文化在平安时代普遍信奉佛教的贵族阶层得以空前地传播和渗透，色紫气清、芳丽可人的紫阳花也因此植入东洋人的心魂。我们也就能够明白日本观赏紫阳花的名所为什么几乎集聚在山间海湾的寺庙神社。箱根的明月院、镰仓的御灵神社、奈良的矢田寺、京都的三宝户寺、东京的白山神社……在雨季中那烂烂漫漫、迷乱眼的蓝紫连天的花海契合了日本人的雾中观花朦胧中窥美的暧昧诉求，也是日本文化中夏季风物诗的代表。

　　怒放的紫阳花纵然养眼，然更耐看的则是它花瓣谢落后质感的枝条和枯萎的花叶，那时光掠过、风雨敲打后积储的残缺之美的沧桑感，那份顿悟，比初见花开时更怦然。留得残叶听雨声，落寞寂寥中的空灵禅意，恰又投合了日本人侘寂的审美趋向，而侘寂是一种美学，也是一种思想，更是一种世界观。

多少人赴日为赏樱，又有多少人东渡为紫阳？！

其实，日本人酷爱樱花也钟情紫阳，早在类似于中国《诗经》的《万叶集》中就有两首和歌写到了紫阳花。

1970 年值港口城市神户建市 80 周年及阪神世博会之际，神户市府在市民中开展了选择市花的投票活动，结果在候选的百花中，紫阳花独占鳌头一举成为神户的市花。其根由是作为国际化都市的神户，理应将原产于日本的紫阳花向国际社会释放日本的审美文化和精神气质。1995 年阪神大震灾，为感恩来自全日本、全世界的援助，神户市举办的以紫阳花命名的"紫阳花音乐会"，一年一度，二十五个春秋年轮，二十五回的神户紫阳花音乐会。

狭长的日本列岛竟有 40 个城市选定紫阳花为市花，他们坚信没有一种花卉堪比出身于日本本土血统的紫阳花更有个性和魅力，大和民族对紫阳花的情之所钟可见一斑了。

何年植向仙坛上，
早晚移栽到梵家。
虽在人间人不识，
与君名作紫阳花。

大唐盛世，日本遣唐使中的僧侣们身着带有紫阳花印记的和服、怀揣紫阳花的种子来到杭州寺院，将其根植于中华大地，白居易赴任杭州刺史留下了千古诵吟的美篇，而白居易的铁粉紫式部又将美篇咏遍东瀛扶桑。

美哉紫阳，色美形美故事美。

蒙蒙细雨又飘了起来，行驶在城崎海岸，透过车窗、透过疏斜的雨帘，仿佛那紫阳花醉卧在雨雾里。雨停了，夕阳从云间跳了出来，打开车窗缓驶，海浪逐拍在城崎海岸的火山礁石上，一团团、一簇簇紫里透蓝的紫阳花在白浪黑石中安静从容地舒展着。海浪声中闻有钟声响起，循声望去，只见那座背山面海、依坡而建的莲着寺的坡阶上那茫茫一片紫里透蓝的紫阳花在晚霞中摇曳着。

钟声在响，愿四海安泰、愿苍生无恙、愿亲人团聚，恰似那团团圆圆的紫阳花！

夏果杨梅万紫绸

紫阳花开梅雨季，正是杨梅挂枝时。

看到在东京从事采编报道的姐妹在圈里发的一张大小不同、深浅不一颇具美感的杨梅照片，大大小小错落有致、深深浅浅富有层次，杨梅摆放的画面有点像丁辅之笔下浓淡相宜的杨梅图。对垂涎欲滴的杨梅我的味蕾还是停留在童年的肉粒密生挺坚、肉汁丰沛酸甜的"点点杨梅红紫"的记忆中，她的文字，是我的爱读。日本有杨梅树，但踏破铁鞋，走遍日本列岛却无处有售杨梅，随即问她，杨梅是否她家园里的手栽，得知是公园里捡到的。

由于水土气候关系，欧美有植杨梅树却无杨梅售卖，杨梅树仅作观赏。但我不明白，日本列岛和中国的江南都有梅雨，温亚热带那种烟雨霏霏的生态环境很是适合夏果杨梅的生长，为何东瀛人也像欧美人那样仅将其作为观赏植物，而不享用日啖杨梅三百颗呢。

江南五月，甜在杨梅，蒙蒙梅雨，催熟吴越梅果。

杨梅是吴越的风情。很少有树果像杨梅那样，蕴涵了江南玲珑剔透的风土人情。杨梅品类诸多，上品的当数慈溪的核小汁多、墨晕微深的荸荠种的

杨梅了，那鲜甜美味至今口中犹存。

半个世纪前的一个杨梅时节，父母把我送到慈溪的姑妈家小住，以期从事教育工作的姑父给我一些学龄前的调教。记得在杨梅怀蕊挺实时，我跟着两个表兄一起去杨梅林采摘杨梅。走进小山坡上的杨梅林，一颗颗杨梅像紫红灯笼一样挂在枝叶间，我因人小，个头够不到枝条，只能吃表兄摘下来的，可又觉得不过瘾，耍着性子闹着非要亲手摘。好吃的墨紫色的杨梅一般长在离天空近的树枝上，大表兄将他的肩膀给我作人梯撑起我使我可以够得上树枝，我看到黑紫熟透的杨梅就毫不犹豫地摘下立马送进嘴里，而那些浅淡红色尚未熟透的就不去惹它们，让它们继续挂在树上自在逍遥。我终于吃到亲手摘下的杨梅了，自摘自食非常有成就感，没有任何的物流环节，更无任何的食品包装，从枝头到口中，零距离无时差，这才是杨梅的原汁原味。腹中果着人间最鲜美的夏果在林地间欢奔着，烂熟的杨梅坠落下来，黄梅时节地上松松滑滑的，我四脚朝天摔了个大跟头，满屁股的带有杨梅汁的泥尘，表兄看着我的狼狈相都偷乐坏笑呢。采完后我们在装满杨梅的篮子上铺盖了几片杨梅树叶，一路欢快蹦跳着回到了家。

见我满脸满身的泥巴，姑妈一边微嗔浅怒责备她的两个儿子："哪能会让这个小囡摔成这个样子，叫我哪能向伊额爷娘交代呀。"

一边让我换下满屁股杨梅汁的裤子，嘴里嘟囔着："梅汁沾衣比其他水果汁更难洗脱的。"

接着就开始挑拣出我们采回家的紫得黑红发亮上等好的杨梅，把它们浸入两只大口玻璃瓶 5 年陈的高粱酒中自制白酒杨梅。

"一瓶等侬爷娘来接侬额辰光带回上海哦。"
姑妈笑呵呵地对我说。

想想现今大城市的人要吃上时令夏果，要经过多少的周转，折损多少的美味才能最终入口呀。小时候那个年代物资匮乏，但快乐还真是不少。在那些快乐中，采杨梅的快乐直到现在想起来还是很快乐。

杨梅可谓是树果中的红粉佳人、风情尤物，深得文人骚客的宠爱，使得它有更多的入诗机会。苏轼曾被杨梅色诱，陶然写下"闽广荔枝，西凉葡萄，未若吴越杨梅。"可见食客东坡的朝三暮四、见异思迁。这就好比一个男子，原以为终其一生爱上的是一位安之若素、淡然如水的女子，遇上一位激情似火、锐意争锋的女子后方始醒悟这才正是睡里梦里千百度要寻的灯火阑珊处的那一位。东坡任杭州太守，创制东坡肉，敏锐的味觉到底还是尝到了杨梅绝妙之处，酸酸甜甜有点爱情的味道。不知道如果把杨梅和杨梅诗给山中僧人，是否会生出渴慕，扰乱修行。

国指定文化財
（天然記念物）
蓮着寺のヤマモモ
樹齢推定 1,000年

爱看袁宏道的书，偶尔也会翻阅袁中道的。性格豪爽
喜交游的小修曾感叹：舟船无事，读书改诗，焚香烹茶，书
扇便过一日。总觉得寡淡了点。假如舟中添一碟杨梅，有
着丰满的色相和诱人的口感，不知会有何况味？国子监博
士少修也念想杨梅了。

我喜欢杨梅，迷恋杨梅的枝条。累累的杨梅躺压着枝条，
并不像沉沉的稻穗会把稻秆压弯。杨梅的枝丫轻盈而富有
韧性，承托得住颗颗红紫夏果，很入画。很长时间我很想
很想能够得到这样的杨梅枝条，可大都市里又无处可觅。
两年前一个梅雨紫云的日子，在魔都城乡接合部的大型花
木市场无意间看到一枝，仅有的一枝，怕被人捷足先登抢
去似的赶紧购入，小心翼翼捧回家，侍花一盆置于案几，
很是欢喜，很是快乐，好像回到了童年在慈溪杨梅林那样
的快乐里。

记忆中慈溪的杨梅树并不是很高大，成人踮起脚就能
采到，不像日本的杨梅树那样高高大大，可望而不可即。
日本的杨梅树广植于中部以南地区，在神社庙宇则更是多
见。在伊豆半岛东部的城崎海岸到浮山的那一带多以单体、
合体的杨梅树的群生地而闻名。杨梅树也是静冈县选定的
县树，其辖下的列为国家公园的富士山、箱根、伊豆半岛
的那一片区域，随处可见百年以上的杨梅老树。拥有静冈
县五分之一面积的伊豆半岛，更是有着大片的枝干高大、
树叶浓绿的杨梅巨树。

川端康成说伊豆是森林的故乡，此话还真不是文学修辞的夸张。

据说城崎海岸一带的杨梅树，是早先从平城天皇的杨梅陵分植而来的。杨梅树在日语中被称呼为YAMAMOMO，中国称为YANGMEI，由于中国文化长期对日本的影响渗透，在部分地区的年长的文化人中依然还有将其称为YANGMO，日文和中文各取一个发音组成。

日前，去伊豆海洋花园那里的法华宗的名刹连着寺观赏紫阳花，又去拜望了那棵全日本最年长的千年杨梅古树。古树安立在庙堂的右手边，被文部省挂牌贴标指定为国家重要文化财产。前回看到了千年古树下杨梅落满地的一幕，心动过俳句诗人右城暮石吟谣的"杨梅的落果染红了古刹的寺地"的意境。这次没看到，也许勤快的僧人已清扫了寺院吧。

推定有一千年树龄的这棵杨梅古树，旺盛的树势昭示着它那不可抵挡的生命力。高15米，根围7.2米，枝围东西22米、南北18米，面南的枝条几乎与地面水平地向前平缓伸延，远远望去，仅就这一棵的古树恰似一片森林。1988年日本开展对全国巨树调查，确认这棵千年杨梅古树是全日本最大的一棵杨梅树，它能存活到何年何月，对植物生态学、植物生理学意义非凡。

霏霏的梅雨中，难抑的低落情绪，与古树同框留影，以求汲取千年的天地之精气，看了手机里的照片，呵呵，我的身形在伟岸的古树前无须瘦身。

从莲着寺回到鸟虫屋 看着前庭后院独体、合体的百年杨梅老树，还是没能明白日本人为何不吃杨梅，中国杨梅产地的果农为何又说他们的杨梅大量空运到日本，让海外游子不要有"每岁尝时不在家"的遗憾。在日本，我寻寻觅觅还真是没有买到过杨梅，除了在高铁伊豆急行的驿站里自动售货机里的杨梅汁饮料。

芳姿劲节本来同

午间，航班准时飞抵浦东机场。核酸测试，检疫出关，提取行李之后，便到指定管辖区域内等候去隔离酒店的巴士。

一个多小时后乘上巴士，车厢里挤满了大件行

李，车上没开空调，车身颠簸着前行，感觉有点像坐在半个世纪前的省际公共汽车里。周日的午后车道上行车不多，巴士毫无障碍地行驶在高架上，我把车窗尽可能地打开，让风能够吹入闷热的车内，头下意识地侧向车窗以求纳凉，候忽温风至、因循小暑来，我舒了口气漫无目的地放眼车

道边的绿植。不经意间，路边丛丛密密迎风吐艳的花树惊艳了我的双眼，大片大片的夹竹桃，前低后高，在蓝天白云的天幕下随风波浪着，开着红色花朵和白色花朵的夹竹桃，错落有致地互拥相间着。这些盛开的红花白花，让我想起了季羡林所写的："……我们家的大门内也有两盆夹竹桃，一盆红色的，一盆白色的。红色的花朵让我想到火，白色的花朵让我想到雪。火与雪是不相容的，但这两盆花却融合在一起，宛如火上有雪，或雪上有火。"夹竹桃喜暖畏寒，南方的植物在北方无以露地越冬，生活在北方的国学泰斗，将其栽培在合抱的大盆内，足见大师对夹竹桃的偏爱了。

上海早于往年 9 天在前天出梅了，今年被称为史上最短梅雨季的东京也早于往年 19 天于一周前出梅了。清晨驶往东京成田机场的路途，随处可见的紫阳花已弯下了腰枝，垂下它沉重的头，陆陆续续地告谢了。梅雨过后紫阳花落，却是夹竹桃开得轰轰烈烈的好时光。它从春天里开始含苞，雨季的惠泽滋润着花蕾，在初夏的梅雨里日复一日地膨胀起来。几轮夏雨后，花骨开裂，花开满枝，一蓬一蓬的，举目满眼见烟霞，桃艳到了极致，热烈到了绝伦。有了它，花木扶疏的夏季不再有艳花。

观赏着车窗外、路道边开得热闹的夹竹桃，感慨夹竹桃的高风亮节。给了人间漫天烟霞，却对世间无甚乞求，随意给它一方土地、一丝雨水、一缕阳光，就可以灿烂微笑茁壮成长，它抗御烟雾，抵挡尘埃，净化着空气，即便浮尘满身依然自我净化，自我生长，妥妥的一枚养眼的环保卫士。夹竹桃不是名贵的花，也不是最美的花，但它的拥有却使它有十二万分的底气傲立在魔都的大街小巷、路边道旁。

　　喜欢夹竹桃的花，也喜欢夹竹桃的叶。身为夹竹桃却将茎和叶长得像竹一样。碧绿青翠的茎，一节挨着一节，像透了竹节，而叶片则由三片叶子组成一茬，长长的披针形状又酷似竹叶，主脉从叶柄直直地伸向叶尖，上面一层薄蜡与竹叶如同一辙。芳姿劲节本来同，绿荫红妆一样浓。夹竹桃它花开浓艳，却不会蓄意争抢树叶的风采，花似桃、叶如竹，花叶映辉成就了夹竹桃，夹竹桃的气韵似乎有着与竹一样的风骨。

　　我常剪摘夹竹桃的叶子，在《夹竹桃盛开之时》的悠扬歌谣中侍弄花草。日本绝代歌后美空云雀以醇厚的音色、舒缓的调性演绎了这首委婉的情歌。较之真正的竹叶我更偏心夹竹桃那似竹叶又不是竹叶的叶片，觉得它更有质感，更能出姿态，尽管剪摘下的枝条横截面渗出乳白色的黏液粘在手上难以清洗，尽管汁液带有毒素，但是我还是喜欢那质地厚实、线条流畅、绿油油的、尖尖的叶子。

喜欢观赏抚玩夹竹桃的叶子，喜欢伫立西窗前透过夹竹桃远望薄暮中的天城连山，更喜欢灯火阑珊中，夹竹桃嚼碎了的月光，似竹非竹的枝叶横斜在鸟虫屋墙垣的碎屑，是景色，也是目光。

低吟着夹竹桃的歌谣，陶醉在盛开的夹竹桃中。最美夕阳红，温馨又从容，黄昏时分，车抵隔离酒店。

繁杂严苛的入住手续需要时间的等候，拿出手机刷屏。今天刚出炉的上海宝爷《人间重晚晴》的视频映入眼前。好奇向来以地道上海话示人的宝爷，今天却用了普通话解说，继续往下看，看着看着，屏幕上出现了一个白发苍苍、身躯佝偻、一手挂着拐杖一手拿着红色无纺布购物手袋、穿着细碎小花短衫的耄耋老太太，从南京路石门路蹒跚地走向百年老店王家沙，刷了身份证后举步维艰地进入店内。天哪，那不就是我那年迈的眼睛高度近视的婆婆吗?!倏然间，内心拥堵，潸然泪下，天若有情天亦老，月若无恨月长圆，再强再美再富有的人都会有老去的那一天，即便能够坚持春夏秋三季美丽的夹竹桃，依然也要面对冬季凄美的容颜。

天意怜幽草，人间重晚晴。隔离结束后，我第一时间要去的是公婆的家，而不是事务所所在的上海中心。

伊豆高原马醉木

"马醉木花开
　岩岸上，
欲折数枝娱君目——恨无人
说君在世"

"今见君此斋
　鸳鸯栖作家
　况后马醉木
　皓皓着其花"

《万叶集》竟有十余处咏及马醉木的和歌，不难看出马醉木自古就是庭院的常客了。它分布于日本各地的山林，有的长成一大片，而静冈县的天城山、箱根一带的马醉木则是最抓人心最有名头的了。

还是一介留学生时，学校里组织去伊豆半岛游学，餐后大家一起去小说《伊豆的舞女》中的主人公"熏子"和"我"走过的天城山那里去看看。曾经的崎岖山道早就开凿了隧道，我们在不长的隧道里走着，里面没有灯光，中间一段暗黑暗黑的也看不清什么。《伊豆的舞女》的小说和电影都不止一次地看过，我的脑海里回放着川端康成笔下的伊豆：

　　"俊秀的天城山，茂密的树林，清冽的甘泉，浓郁的
秋色，袅袅的炊烟……"

　　"南伊豆是小阳春天气，一尘不染，晶莹剔透，实在
美极了……群山和天空的颜色都使人感到了南国风光……"

　　"雨停了，月亮出来了，雨水冲洗过的秋夜，分外皎洁，
银亮亮的……"

"山路变得弯弯曲曲，快到天城山了，这时骤雨白亮亮地笼罩着茂密的杉林……"

大文豪将小说的主人公置于伊豆的秋色里，让读者感受那一份清新淡远的哀愁。

　　还在回忆着小说中的文字和电影中的画面，我们就走到了隧道的尽头。出了隧道，在天城山下的山野看到了成片的马醉木，顿生好感，从此就喜欢上了它。

　　大多数的花卉在花蕾抽出后不久就开花了，马醉木则不然。八月，马醉木的花蕾就会挂在新枝的枝头抽出分枝的纤细的花穗上，一般初春花卉的花芽多在前一年夏天成形，但起初会被花苞裹起来，逐渐变大，而马醉木则匆匆地在八月里便迫不及待地显出花蕾，然后再等呀等地翘首盼望，等到新年过了，春天来了才开起花来。

　　野生马醉木的品种很多，是一种含有马醉毒素的植物，马等动物误食其枝叶就会中毒如昏醉状，故曰其名为"马醉木"。对马醉木的认知，炎黄子孙和大和民族是一致的，也都称其为马醉木。

　　二十多年前，家父家母自上海来到东京探亲旅游，我带着父母去日本的关西看看，在奈良公园和春日神社一带，有很多相貌堂堂的马醉木，却又有很多温顺而又灵巧的惹人生爱的小鹿，那些有着信赖和善、水灵迷离眼神的鹿儿，手杖样的四条直立的细长小腿度着四方闲步融入游人队伍乐哉悠哉地散策着。如此和谐的光景，父母感到好奇面呈惊讶地望着我，我对二老说奈良当地的鹿绝不会去吃马醉木的，在日本有些地方干脆就称呼马醉木为"鹿不吃"。

　　"回望来时路，花开皓皓马醉木，春光满野谷。"

　　这是俳句巨擘，也是俳句杂志《马醉木》的创办人、医学博士水原秋樱子诵吟的俳句。日本俳句有 3000 多个固定的"季语"，用以人们对大自然的敏锐观察和感恩之心，也被认为是人类与自然的对话，内容多为风花雪月。俳句培养了一代又一代的日本人热爱自然、热爱生活的情操，也是最能代表日本文化集大成的精华。缀俳句杂志《杜鹃》之后创设的俳句杂志名为《马醉木》，足见作为马醉木的这一植物，在日本人心目中所占据的位置。

为了两位特殊的游客，我这个权当一次导游的女儿临行前在自然和人文等方面做了些许的功课和攻略。我给父母讲解说，上述近一个世纪前秋樱子诵吟的俳句根据现代日语翻译成中文的大致意思是："当我漫步奈良的田野后，伫立在三月堂，眼前浮现出沿途的情景，奈良的田野上，马醉木开出了洁白的花朵儿。"

这一次的关西之行，尤其是奈良之行，不失为一次感受马醉木、感受"教学相长"的难得的体验。

野生马醉木大多生长在林中半阴地，比起全日照它们更乐意半日照的天地。即便是在太阳照不到的院落也能开出密密麻麻的小花，尤其适合光照不充分的后院。

鸟虫屋后院的西北方的西侧边缘，植有一株树形好看的马醉木，待到花期就会开出密生壶状粉红色的可人小花，不炫目，不耀眼，却眉目清秀。它们不会去比较自己是不是比别人漂亮，也不会因为自己要开放而禁止别人开放，不争不抢，那一份清淡恬静自有一番风味。它的素雅和茶室的清寂尤为相宜，是萧散侘寂的日式茶庭不可或缺的座上宾。听日本园艺界的长者说，以前有些当地人会到山上去寻挖会开粉红色小花的马醉木，因为在多种多样的野生马醉木中，就数它最为名贵，可谓千金难求，现在通过嫁接栽培比以前多见了。之后查找了相关的植物资料，得知马醉木一般是开白色和浅绿色的小花，知道了野生的开粉红小花的珍稀，因此也更加珍爱鸟虫屋后院的那一株开着粉红小花的马醉木了。初春，它的花穗会从茂密厚实的绿叶间探出头来，粉红的壶状小花一串串地挂在花穗上，密密麻麻，楚楚可人。

杜鹃花科马醉木属的马醉木是常绿灌木，危险和牺牲是它的寓意。因为有毒所以有危险，因为危险需有甘于牺牲的情怀；因为马醉木开出一串串小花的外形非常纯净，同时还会散发出一种恬淡的清香，给人以小清新的感觉，因此也寓意着初恋般的清纯。

只要后院的马醉木开着花，我总不忍心离开它。

为了工作又不得不离岛，却又不忍心把它留在后院孑然一身无人赏识，我会从树上剪下开着小花的枝条，那些开着小花的枝条就像被剪断连接母体脐带的婴孩那样，我小心翼翼地给粉嫩小花加以保鲜包裹，就像包裹刚出生的嫩粉婴儿的襁褓那样，沾濡花汁的双手不忍清洗，抱起它，把它安躺在车座上同车北上。回到东京，小心翼翼把它分拆后遍放在寓所钓每一个角落，我要时时呵护它、欣赏它，我要好好地把它看个透。马醉木的花是木本的花，花期长，小花们带着它们世上没有一款香水能够比拟的小清新，在高压快节奏的大东京陪伴我一阵子，我还异想天开地就把它放在一幅田野里的野蘑菇的画作下，听说野蘑菇也有毒，这样它们也可以有个伴了。

马醉木开的花像透了蓝铃花，也像透了曾经年少的我们，挥洒着最纯净最美好的情感，虽不那么懂得修辞，却能够更加清晰地表达我们真实的感情。

我似乎明白了川端康成为何要把《伊豆的舞女》的爱情故事投放在清新、恬静、纯美的天城山一带的自然背景下。伊豆那重叠的山峦、原始的森林、深邃的幽谷、蜿蜒的山道，是十四妙龄的舞女"熏子"和十九岁旧制高中生的"我"之间那种纯真之恋最完美契合的环境，大自然的纯净与"熏子""我"之间那种纯真互为契合。唯其纯美，两位主人公的那种纯真的恋情方得以充分体现。唯其纯真，那纯美的背景才变得真实贴切。纯真的感情与纯净的自然水乳交融，超凡脱俗。在感受川端笔下伊豆的自然风光、温泉、文化和心境的同时，更感受植物文化和情窦初开的纯净之美。除了马醉木的小花，还有什么花更能比拟纯净的"熏子"和"我"呢。

不难而又好听的钢琴曲《苏格兰的蓝铃花》，这首清新优雅的钢琴小曲，表达了家乡人怀念甘于献身的从军小伙子们，期待他们早日回来。

喜欢木本的马醉木花，也喜欢草本的蓝铃花。欣赏该曲总会心存清香，心存怀念。也许与蓝铃花太相似了，在弹奏蓝铃花这首小曲时，眼前浮现的却总是鸟虫屋后院开着粉红小花的马醉木，还有"熏子"和"我"的那份纯真清新，空灵唯美。

很没逻辑吧，但联想何须有逻辑。

牡丹芍药本一家

常去坐落在青山的隈研吾设计的根津美术馆，那里馆藏丰富，尤其是高品位的中国青铜器。通向入口的两侧是修竹长廊，馆内的空间空灵淡远，观展后我习惯喝杯茶或咖啡，然后在馆外萧散侘寂的庭院散步，把一天的时间浪费在自己喜欢的空间里。

隈研吾将建筑物融入自然的禅意设计是我的喜爱，他的无法之法的书法也是我的喜爱。获悉他的笔墨作品在有相当专业和学术门槛的上野的森美术馆出展，起初抱有些许的疑惑，细思却也是理所当然，就像诺贝尔文学奖得主川端康成的书法写得多么的精到、书道理论那么的精辟，东山魁夷的山水画在日本无人出其右，却又把散文写得美妙如画。美是触类旁通的，欣然应邀出席"笔歌墨舞"书画双人展的开幕式。

驻日大使到了，前首相到了，因疫情出席人数严控而得以参加的中日书画同好们该到的也到了。开幕式结束后的观展，我发现百余幅出展的作品中，来者几乎都在隈研吾的一幅飘逸着良宽遗风的《弄花》的穷款作品前驻足，大师的书法作品与建筑作品如出一辙，想必隈先生长期在沙门高僧良宽的禅宗意趣和翰墨声韵中参悟禅理了吧。

春日四月花开人间，野外户内皆是赏花人。爱花如我，自然也在《弄花》前流连。

牡丹花期短，储精蓄气一年，花开灿烂十日，难得遇上牡丹花期。也许是疫情，也许是热闹被刚下架的樱花季消耗殚尽，从森美术馆走向同是上野公园内的东照宫牡丹苑，四周出奇地宁静。宽永寺五重塔下的

山樱长出了绿叶，步入东照宫两侧的参道并立着 200 个石制灯笼和 50 个铜铸灯笼，气度森严，这是供奉江户幕府开创者德川家康及其后人的神社，大殿金碧辉煌气度恢宏，殿内富丽堂皇雍容华贵，与此对照的东照宫的牡丹苑却是质朴无华，入口处的黛瓦屋顶下对称地挂着一对长方形的白底黑字的灯笼，灯笼上面写着"牡丹苑"。

牡丹苑是 1980 年为纪念日中友好而建，每年都有牡丹花展，至今是 43 届了。种植的 110 种品类 600 株牡丹，有来自中国、美国、法国的，当然更多是日本本土的。当今的世界园艺界日本牡丹已成主流。购票入园，一条细长小径，径旁大型陶制花钵种着红色牡丹，红色牡丹的上面是一把紫色小油纸伞，前方是竹编墙垣，墙垣的上方是疏朗的红枫和青枫，竹墙上装点着几把细碎小花、古趣妙然的油纸伞，唐风晋韵带来穿越时空的意趣，东照宫的牡丹苑不愧是东京众多牡丹园中最有名头的牡丹苑。长方形的牡丹苑，花圃间的路径呈几字形连环，在中国古代称为富贵不到头，日本园艺师对华夏古典的理解可见一斑。

日本各地牡丹园里以伞遮阳成为定式，功效与美观两全。岛根的由志园、奈良的长谷寺、镰仓的鹤岗八幡宫等都是牡丹的名所，那里的牡丹也都撑着古意悠悠的油纸伞，只是东照宫牡丹苑的牡丹，头上不仅有风致的油纸伞，还有竹竿和苇帘搭设的疏朗透光的棚架。对牡丹就像对待新生儿那样呵护有加，牡丹是娇贵的，而娇贵是需要呵护备至的。

许多花都很美，但看了让人感到震撼的也许就是牡丹和芍药了。尤其是看了花体硕大、花瓣繁复的芍药。大凡花型大的花都畏惧烈日风雨，四月底五月初的太阳对它们还真是有点过强，雨水让花瓣积水，风雨会使它们色衰花落，美丽而复杂的东西都很娇嫩脆弱。如果说要将硕大的牡丹、芍药在猛烈的风暴干接受鹰击长空般的意志考验，那简直就是对它们的摧残。它们的娇贵经不起风驰雨打，必须待之以温情。

东照宫牡丹苑里有朱唇紧闭含苞待启的，有花放三分的，也有笑口大开的牡丹花，撑着红、紫、白的东洋色系的小阳伞，不高不低恰到好处地撑在赏花人的眉线之上，为娇贵的牡丹遮了日又不阻挡赏花人的视线，还给牡丹苑增了色，遮阳护花功能性的小花伞妥妥地成了巧夺天工的绝配。日本的牡丹始于奈良时代，遣唐使把牡丹和芍药带回日本，始作药物，平安时期，被文人歌咏。来自中国的牡丹，在日本经过独具匠心的培养选育，使牡丹花瓣硬实，花枝高挺，花头直立，一改待儿扶起娇无力的柔弱花状。牡丹苑里每一种牡丹都标注着它的品名，亮粉的八千代椿、深紫的岛大臣、雪白的白翁殿、红白复合的岛锦……满飘着东洋风花名的牡丹。

枯山石竹篱墙牡丹苑内的牡丹吐露着芬芳，牡丹苑外新学年鲤鱼上游彩旗迎风飘扬，很东瀛也很唐宋，很自然也很人文。

喜欢梅兰竹那些有风骨的花草，总觉得牡丹太过张扬，富贵膜拜难免艳俗。中国坊间有一说，没看过洛阳牡丹的就不算真正看过牡丹，许多年前随事务所河南籍的律师一同去洛阳看牡丹，遗憾牡丹已花落，只看到几朵殿春而开

的芍药。为了挤入算是真正看过牡丹的行列，揣着焦渴和翘盼，从上海飞到洛阳却错失牡丹花开，心有不爽，但想起牡丹曾经历的一场文化故事也就释然了。故事是说，武则天冬月游赏后苑，命百花齐放，而牡丹独迟，乃被贬至洛阳。这不惧皇威的故事使得牡丹一举成为文人争相讴歌的对象。牡丹的这种不到花期不开花、过了花期头也不回就离去的倔强，把物生有候的自然规律演绎得惟妙惟肖，而这种浓缩的文化符号，也欣喜了我，觉得它艳而不俗，不苟且不俯就傲骨守正，因被贬而名扬，是不可多得的有风骨的花。

虽未能花赏到洛阳牡丹，而我总会对人说曾赏了洛阳牡丹，因为芍药牡丹本一家。牡丹苑内牡丹朵朵，芍药也朵朵，花大色艳震撼着赏花人。说是牡丹苑，将芍药视为牡丹在牡丹苑里同苑共展，43年，年年如此。

宋时文人王禹偁有文写道："牡丹初号木芍药，自天后以来，牡丹始盛，而芍药之艳衰矣。考其实，盖本同而末

异也。"这告诉我们，牡丹是在唐时武则天时代盛行的。《通志略》记载："牡丹初无名，故依芍药为名。"这又告诉我们，牡丹原本出现得晚，是靠着芍药的名头而被认识的。

牡丹和芍药同属芍药科、芍药属，一般人分不清，就像很多人分不清月季和玫瑰一样。要说有何区别，牡丹是木本植物，叶子多为羽状复叶，而芍药则是草本植物，较之牡丹叶子更油亮更深绿呈细圆状。两者英语皆为 peony，牡丹是 tree peony，而芍药则是 herbaceous peony，同属同科，如此这般的亲缘，本就是一家子的姐妹花。

芍药在中国是最为古老的花卉之一，是最资深的观赏花。自古芍药最思念，远古时青年男女在溱河边幽会，临别时以芍药相赠。周恩来在芍药满开出访瑞典时，托人将芍药带回国内赠予邓颖超，寄托对夫人的思念。芍药殿春而放，于是被赋予了惜春饯春的花语，古诗"多谢化工怜寂寞，尚留芍药殿春风"道出了春残而芍药尤盛的状貌。

芍药又名将离、离草，古人惜别以芍药，相招以文无，文无即是当归。饯别春光自有不舍，离别的浓情也就积聚在芍药之上。将离和当归，都是耐人寻味的花名，情深不渝被一朵花名集约道尽。

徘徊苑中，想着隈研吾的《弄花》，那无法之法、真性情浇灌出来的自然美的淡墨作品，温润无躁，任何人包括他自己也不能重复的作品，是经过长期探索历练而在非常的瞬间产生突破的天作。徘徊苑中，似乎明白了良宽他为何不喜欢书家的字、厨师的菜、诗人的诗，那是因为缺失了一份真性情。良宽看似不讲究技巧，又技胜一筹；看似不经意，却艺味无穷，无不昭示着纯净而超然的灵魂作品，他从中国和日本远古书法中融合出自己的个性。

己亥年的年初，排了龙蛇般长的队进入东京国立博物馆得以零距离地观赏了《祭侄稿》，圆转遒劲的中锋为主，藏锋出之，厚重处浑朴苍穆，正是颜真卿痛失侄子的悲怆情绪的自然流露。颜真卿直抒胸臆的生命线条与沉痛彻骨的思想感情融合无间，是自然美的典范。书法创作，情感投入是重中之重，《祭侄稿》辉耀千古的价值就在于率真，是以真挚情感主运笔墨，激情之下，不计工拙，以致不屑顾及形式构成的表象效果，而这又恰恰是自然美的表象结构。《祭侄稿》所蕴含的情感力度强烈地震撼着我的心，三年前的零距离的观赏至今依然震撼着我。

牡丹苑一张桌子上放着给赏花人题写即兴文句的毛笔和纸笺，我写下了"牡丹芍药本一家"，在落款处写下了一家三口的名字，具上令和4年4月20日。贪恋着牡丹苑，在富贵不到尽头的几字形的苑内流连到被护花人礼貌地提醒到了闭苑的点了。我们是最后的客人，跨出苑门，只听得神社人员放下了挂帘、合上了苑门。

离开牡丹苑，夕阳下东照宫的铜铸灯笼泛着幽光，天幕降临而昭示着它生命的存在。牡丹苑外的梅川料亭的暖黄的灯笼也已亮起。候餐间，手机的群圈里显示，近日上海东海之滨的奉贤南桥镇吴塘村的一座小院内，一株400岁高龄的牡丹正悄然绽放，这是上海所存的最古老牡丹，粉红色花朵大如碗口，经过24代家族传承养护，芳华更胜

往昔。我知道这株牡丹，在奉贤博物馆内的资料墙上还看到，这株名为"粉妆楼"的牡丹是明代书画家董其昌赠送同窗的乡绅金学文的礼物，董其昌升任礼部尚书，正值金家新居落成，赴任前题写匾额"瑞旭堂"，连同这株粉妆楼一并赠送同窗。这株粉妆楼牡丹不仅是我们上海最古老的牡丹，还因为是董其昌所赠，更具有历史人文价值，被誉为江南第一牡丹。

记得丁酉年的年初，前后三个月分前期和后期两个阶段，一月份展出前期，二月份展出后期，那年为了应和前后期都能看到，还特地安排上海与东京的出差日程，有幸观赏了由东京国立博物馆和日本书道博物馆联合举办的《董其昌和他的时代——明末清初的连绵趣味》展览。楷、行、草皆有，书画轴、册页、尺牍、手卷也都有，唯独没有看到匾额，而董其昌有定说是写大字匾额的，但传世的却很少，传到今天董其昌的大字匾额几乎是没有的，所以粉妆楼牡丹的"瑞旭堂"匾额尤其珍贵，为研讨董其昌的大字匾额提供了实物依据。

"笔歌墨舞"开幕式上隈研吾在答谢辞中如是说："美丽的东西必然长久。静下来，舞舞墨、弄弄花、焚焚香、品品茶，这些都是美好长久的事情，更是文人的一种风雅和情归。"

离开上野公园，依然回味着隈先生讲的话。

枇杷黄尽客窗枝

　　五年一度由日本外务省、文部省后援的国际花道展春天在日本冲绳岛举行，世界各国的好花人蜂拥琉球。我知道他们来自何国何地，但我不知道他们的身份地位，知道他们爱花爱艺术爱真善美。

　　皇室的高円妃子等坐着日产丰田车准时抵达宜野湾会场出席开幕剪彩。尽管人类社会已进入了互联网的世界，但流派家元世袭制度在日本花道茶道的领地依然沿袭着，父亲早亡幼年继位小原流的第五代家元小原贵宏开幕式上站立右高円宫妃的左侧，在流派林立的花道世界，小原流以其独特的崇尚自然的理想和现代经营的方略傲居市场首位，有缘曾多次得到第五代家元的耳提面命的亲炙。剪彩仪式后，来自40个国家，300名拥有出展资质的出展人和与会人员观赏了300件花道作品，第二天上午10点这些作品正式向社会公众有偿开放观览。

　　冲绳县知事致晚宴欢迎辞后欢迎晚宴开启。

　　第一道料理名为"太阳"，寓意花草植物万物生长靠太阳，也寓意处于亚热带的冲绳，东方第一轮的红彤彤的太阳从冲绳冉冉升起。宴会中，美轮美奂的舞台上，日本各大流派的嫡传掌门人的大型花道演示，在演绎各自流派经典传统符号的同时又

融入与时俱进的创意元素，惊心动魄让人击掌称绝，来宾们不由得放缓享用美食凝心聚神地观赏台上惊人花作。

来自世界各地的"花痴"们撸起袖子各显身手地忙开了。我因手头要务需要处理，开幕式后的第二天便飞离了冲绳，内心牵记着有多少社会公众会在我的出品前驻足。首日出展人和与会者在开幕式后的对内作品观览时，很欣慰有不少人在我的花作前驻足行注目礼了。身披纱丽戴着眼镜的印度女士久久站在我的花作前，左看右看，拍了又拍，后又要求与我同框合影。也许她血脉中流淌的民族文化基因使她更能感悟禅意中的佛念，在烦躁高压下留存一份平和安详的心境，让世界充满爱，也许她也好奇于花器，问我从何觅得。

花道如禅道。看上去似乎有最严苛的规程，但本质上是在挖掘最大的自由，要获得更大的自由，只有经过严苛的训练。如果把花插得绝处逢生、否极泰来，那就是悬崖峭壁上的兰花了，或是清放的莲花。

书道、茶道、花道三道之一的花道。满枝加叶，实则懂得在花叶纷繁中取舍，人文空间的插画多为小品，清影无题，讲究疏淡有致，是灵性的外在物化。

不难看到出展人中高比例的是男性，是否在看花是花、看花不是花、看花还是花的这一走向意境、走向创意的不

定式的过程中，男性的悟性远胜于女性，在过往的二三十年的工余在花道研习教室里，看到的却是压倒性的女性远多于男性。

　　女性容易集匠气与矫作于一炉，男性容易更潇洒且大
而化之地创意。课堂<u>上</u>看起来僵化了的日式花道，其实是
一种格式，是性格和观点的锤<u>炼</u>，对于学而通达的人，不
但有创作的空间，还能激发人的潜力。着力于最高的技巧
是没有技巧的，不着痕迹地传达素之花极致的自然姿态。

　　花道作为一种探索美和平衡思想的情趣盎然的方式，是一种生活美学。不拘泥于流派，回到花道原点的自由创作才是本真。

　　树枝固定插花，历来备受称道，但是小原流却开宗立派另辟蹊径改用剑山插花，能表现有创新的作品，关键是观念要更新。现代花作，尤其是近三十年来，渐渐不注重题材而注重作品的表现形式。它的价值不是由其所表现的题材内容来决定的，而是由其形式本身的意境高低来决定的。

　　我因工作不得不抽身离场第二天赶回上海，赶回满目苍绿、蚕老枇杷黄的申城。

　　人在魔都，心系冲绳，牵挂出展中的花作是否完好如初。是否枇杷枝条的过重过斜、花器底部的剑山不堪承重而卧倒，那厚长呈椭圆形的、状如琵琶的枇杷叶是否安好，那朵离开主枝后的红色嘉兰是否安然。

　　古代文人因枇杷树花开在隆冬，称之为晚翠，没有冬季的亚热带的冲绳想必该是早翠吧。

　　江南田园的景色、东园载酒西园醉、摘尽枇杷一树金的田园生活，比起陶渊明的采菊东篱下，更有况味。

　　枇杷易种，冬花春实。枇杷树长势蛮快的，五年的时间就可长成高高的枇杷树。大凡有院子的人家，都爱种上一株枇杷树，我也在青溪院里手植了一株，秋萌冬花、春实夏熟的果子让你一年中都会关注它。冬天一片萧条，除了茶花、梅花，也只有枇杷打起精神开花了。初冬时，枇杷叶衰缀着密密麻麻的小碎花虽然不起眼，也没有特别的香气，但是以独特的韵味低调地生存着，非常大度、不争不抢，从不与其他花朵媲美，花色接近于铁锈色的暗沉，花朵也称不上有姿色，但是寂静的日子里有小花作伴是暖心的，花开人自心安。

到了春夏结满果子，绿叶葱葱金果满树，一派万事喜乐的讨喜景致。到了夏天，琵琶形状的枇杷树叶更能赏你一夏的清凉，还送你微风穿过枇杷枝叶拨奏出的沙沙声响。

吴昌硕有诗云'五月天气换葛衣，山中卢橘黄且肥。鸟疑金弹不敢啄，忍讥空向林间飞"。我不是大师，难有巨擘的想象，却真真实实在宅院里目睹了这一幕的现实版。

枇杷叶，用郑逸毒《花果小品》中的话说是大如驴耳，读来真是形象，枇杷叶正面深绿油亮，背面长满绒毛，人称两面人面孔的为枇杷叶面孔。

木本植物的枇杷枝，瘦而能出脂、枯而能生润、劲而能得柔、韧而能得脆，主干老健、枝权硬朗、参差有度、横斜生姿。嘉兰，刚柔相济的意境，色彩明快与暗沉枝条相映成趣，其花瓣先后反卷，瓣缘呈波状的花瓣很是婀娜，昭示超越现实的美丽。草本植物的白头翁，耄耋老翁与二八靓女，似也可以"苍苍白发对红妆"作比。

　　期待有更多的爱花人能够在枇杷枝条、在嘉兰前驻足，
让世界充满安详，让人类充满爱。

　　期待下一个五年的国际花展在中国、在魔都上海举行。
再一次能用枇杷枝、嘉兰和白头翁传递平和与爱。

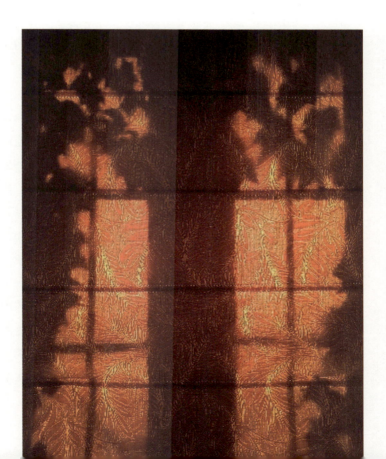

芳草楚楚见钱屋

在福井县办妥该办的事后驱车北上，前往同是北陆地区为石川县所辖的金泽，此行不为兼六园、不为东茶屋，也不为片折老铺，只为去钱屋（ZENIYA）体味怀石料理。

为了便于能和主厨对话交流，预订了板前席位。按时赶到位于金泽片町的钱屋，但见一袭和服裹身、气品不凡的女将伫立在初秋的暮色中，在"其貌不扬"的钱屋店口迎候，年有古稀的她是三厨兼店主的母亲，举手投足间透逸的唐风晋韵耐人寻思，初次见面，却似曾相识。

被称为钱屋唯一的分店——云上钱屋就开设在同是我们事务所入驻的上海中心。从西门进入，在一楼直达餐厅的独立专梯口频频有盘着发髻、身着和服的小姐姐的倩影入目。小姐姐在一楼确认预约客人信息后，导引客人进入专梯并为客人按妥直达餐厅的楼层键。抵68层电梯门开，另有同样装束笑容可掬的小姐姐应接，经过装置着硕大炫目的玻璃樱花吊灯的大堂、穿越深邃悠长的廊道后是豁然开朗的用餐区域，身穿不同色系和服的小姐姐们与身穿统一白衬衣、黑外套，系着领结透泄着些许锦江老克勒调性的帅哥们，服务着在最奢华的天际线用餐的客人们。据说云上钱屋耗巨资在金泽购置了

高品位的九谷烧陶器、轮岛漆器等食器，为不同价位订餐的客人选供不同档次的器皿，引得魔都老饕、沪上金主竞择高价菜系，以感受美食中一捧名器赋予的心跳。

　　女将把我引入板前，板前共有 7 个座位，左侧的墙上饰有见附岛的画作，右侧的墙上悬挂着竹篓草花，草花右侧的障子下可见室外的茶庭露地。我示意希望能坐在最右侧的台位，女将导我入座，见我饶有兴致地欣赏着墙上秋意款款来的草花，便介绍说：

　　"绿黄相间的是斑节芒草，白色齿轮边缘的是河原瞿麦，粉红旋串低垂的是铃兰秋海棠，都是草本植物，晨露中自家园里采撷的。"

"人间有万草，今日在此得以相遇《万叶集》中被诗人山上忆良所歌咏的'秋之七草'中的二草，实乃有幸。"我感慨地回说。

秋之七草皆为野生的草花，婉约柔美色幽撩人，在秋风中诉说着物哀。东洋人的清寂文化和侘寂之美，也许是扶桑国以草木构成的植物性文明，萌生于一切皆流转、万物寄无常的土壤，怀石料亭自然简朴的植物性装置不就是侘寂之美的载体吗！环视着钱屋的我忖量着。

很早就喜欢草花，当下更是情迷秋草。

和女将的秋草话题衍生到了一期一会茶道花道的话次，不知不觉碟盘已过三巡，主厨递上了碗汤，我轻轻地掀移碗盖，只见碗盖内乌黑的漆器上勾绘的金色图案，芒草、瞿麦和秋海棠在秋风中摇曳，三只秋雁在低空飞舞，我怦然心动感铭地额首致意，呷了汤汁食毕汤中物，只见碗底呈现了一幅与碗盖相同的秋草而又不同构图却与碗盖呼应的珠联璧合的画面，碗底中少了三只秋雁却添了一片云彩，不以香气诱人，更以神思为境，这碗汤汁追慕的禅意况味，使人品哂。

怀石料理的"怀石"二字取自禅道，为了抵御长时间听禅饥饿，僧人怀中抱石一块，称为"怀石"，源自日本茶道，以极致的减法，去除所有杂质、摒弃一切多余，以示空寂禅宗。

　　开店五十余年的钱屋，在一座悠悠历史名城、处处百
年老店且不乏藩政、明治时期老铺的金泽，半个世纪的店
史又何足挂齿，足以挂齿的是店主的父亲创设了钱屋，其
子将钱屋荣登米其林二旦，那是一份子承父业的家族荣耀。

　　女将离开板前去了里间的小屋，我和主厨有了更多的
互动。与女将上世纪末两次去过上海观光相比，毕竟主厨
对上海的了解更入木。在过往的两年主厨频繁地往返于上
海和金泽间，每月雷打不动的三天在云上钱屋培训员工如

何将日餐料理做得更臻善，如何为客人服务得更臻萃。

闲聊中，主厨端上了抹茶，我俯首满怀敬畏地双手捧起那述说着年轮、散逸着侘寂之美的抹茶碗，晚餐进入末道，用餐趋于尾声，我举头向主厨道谢："今天太感谢了，真是辛苦您了！"主厨调侃地回说："哪里哪里，不辛苦的，现在也不用去上海了，也不用担心那么多了。"

我明白，理念不同，再多再长时间的磨合也是徒劳。硬件凭借资本可以辉煌，软件资本救不了场。外表仰仗华服可以出色，内在快餐速成出不了色。

　　我理解主厨不再去上海的选择；理解将厨师定位匠人的主厨为做好云上钱屋付出的心力劳作；理解日料尤其是怀石料理对食材对人文的匹配要求近乎苛刻。如果说仅仅根据客人预订用餐的价位来选用食器对店家充其量也就是一个操作层面的服务，那么根据季节时令、根据客人气质特性奉上契合度高的器皿，这就不仅仅是一个操作层面的技能了。对此，理念的趋同是多么的重要。

　　为赶上末班回东京的北陆新干线，不得不起身离开钱屋，坐上女将预约的出租车，车至拐角处再回首，只见迟暮之年的女将依然在风青月白的夜色中微笑凝视着我挥动着手，挥动得那么的优雅、那么的高贵。那份高贵优雅使人略有距离感，而那份距离感又是那么的恰到好处、那么的让人赏心悦目。我深知那份多一分则过、少一分则欠的"恰到好处"的背后蕴蓄着一位女性一生中多大的修炼。怎一个年轻的小姐姐修得！

怀揣着一份依依，离开了金泽，离开了因文豪辈出、在雄浑的大自然中孕育了绚兰文化而被誉为小京都的金泽，要不是翌日午前东京的线下工作会议，今宵夜泊金泽谅必无疑。

一瓣一心康乃馨

每每走出地铁表参道站 B2 出口，买花或不买花都会自然而然地走进青山花茂店。见花架上各类花器中满插的各色各型的母亲花，唤醒了奔波劳作中的自己，时令已届最美人间五月天，康乃馨飘香了，母亲节将临了。

花店将亲情渲染到极致。我的目光流连在弥漫着温馨恬静的康乃馨上，闻着清香，心里念想着千里之外的两位年迈的母亲——我的妈妈和婆婆，不由泪眼朦胧。

作为曾祖辈就在申城闯荡的地地道道、土生土长的上海人，上海无疑是我的母亲城市，我爱它，就像爱生我养我的母亲。我爱黄浦江，这条上海的母亲河远胜于巴黎的那条风情万千的塞纳河。

一瓣一心康乃馨，一枝一叶总关情。年年母亲节，年年康乃馨。健康长寿的红、年轻漂亮的粉、母爱无私的白、生养感激的黄，一束四色康乃馨承载着期待和感恩。在这个有点喧嚣的年代里，即便母亲节成为花店的好商机，却也实实在在地让我回到曾经拥有的日常里，透过那些更真实的曾经，回忆起母爱的种种细碎。

　　每当母亲节手捧四色康乃馨，家母总会一面心花怒放，一面伴嗔薄怒：

　　"下趟勿要再买花了，爹节娘节情人节，铜钿都给商家赚掉了，报个平安就好……"

　　每当这话过来，我总是调侃地对拥有六十五年党龄的家庭劳动模范母亲说：

　　"噢哟，姆妈侬晓得伐拉，侬囡儿混得还可以，赚得也不错，买买花买买所谓不太实惠额东西，用掉点钞票拉动消费，也是阿拉小老百姓为阿拉国家作点小小额贡献呀。"

　　我深知母亲对我的深爱，只要我活着一天，就不肯让我受苦委屈一秒的那一种。

　　儿时羸弱多病的我，曾因健康原因在初小时段休学过一个学期。医生制定了入院治疗的方案，而不晓事理的我说啥都要缠着母亲随她一同回家。母亲恳求医生说，我们定会严格按医嘱执行，我们可以频繁地在家和医院之间来回。直到现在每当我读到"孩子背驮着体重渐轻的老母，自己的脚步却渐重"的日本俳句，总会想起母亲在一天工作后回到家，疲惫中背起不能自由行走的我去枫林路上的儿科医院就诊的许许多多，眼泪滚烫、文字苍白而不能自已。

　　母亲将她的母亲、我的外婆接到家里看护照料白天中不能去学校上学的我，通过亲戚熟人为我订到了那个年代极度渴望的每天配送的牛奶，有妈的孩子有奶喝。那时年轻的母亲以十二万分的用心和耐心为我烹制口味和营养兼具的病号菜，大米白粥佐以太仓肉松、高邮红油咸鸭蛋这一款记忆尤甚。从祖父母那里回到父母身边，味蕾的记忆储存空间已被宁波人须臾不离的海鲜和腌制品捷足先登，而鳗鲞泥螺、蟹糊虾酱这些海味则是泡饭的上乘配菜。在胃纳欠佳的夏季，母亲为我配制粳米泡饭佐以鳗鲞和暴腌菜心，好吃得我胃口大开，一碗再一碗。母亲的祖籍是上海而不是宁波，却把宁波人的海味调制得妥妥的。在吃啥有啥、这些菜品随手可得的当下，回首在那个物资匮乏、食品配给的年代，这些菜品可谓是高配得去了，而对于这些高配，母亲从不会为她自己举筷，而那些餐桌上剩下的，她永远都会说是她喜欢的。

　　每当在日本拉面店吃拉面时，面条上的那半个流黄的鸡蛋画面总会被切换成小时候母亲为我熬制的白米粥上的那个流淌着红油的高邮咸鸭蛋；在餐厅点主食时，菜单上如有"茶渍饭"，自觉不自觉地都会下单，那端上的茶渍泡饭里的红色鲑鱼，总让我想起母亲为我烹调菜泡饭里的白色鳗鲞。我的味蕾基因的菜单已被母亲为我童年烹制的病号菜单牢牢锁定。

"世上只有妈妈好，有妈的孩子是块宝"，朴素的歌词里，道尽了人世间的真理。孕育了生命后的人母，为了这个生命，付出是延绵隽长、永无止尽的。

年轻时的一场横来车祸，从手术植骨的外科治疗到站起来、走起来的康复治疗，让待字闺中的我，人生停罢了两年，而这两年又是母亲的心一片又一片操碎的两年，手术麻醉过后的彻骨剧痛，她哀鸣恨不能代我受痛，六个月的高位石膏松绑后的超强度机械康复训练，看着咬紧牙关汗流满面的我，她潸然泪下。我知道那泪自心肺中流出，只有母亲方能流出这痛心痛肺的泪。直到现在我已年过半百，只要我们母女俩行走在外，老迈的她总会冷不防地抢拿走我手中的提物，她绝不允许我有任何的负重，哪怕是一个小小的拎包。

这个世界很美丽，这个世界也很现实。成功的时候，谁都是你的朋友，而在你低落挫败的时候，依然还能陪伴你的就是母亲。

不需要贵重的礼物，一句问候就足够；从不计较任何回报，永远希望你过得好。康乃馨的高洁象征着母爱的神圣；康乃馨的芳香吐露着母爱的温暖；康乃馨的那一片片、一叠叠的褶皱喻意着母亲的时时刻刻的操心劳作。我惯例地在母亲节给妈妈奉上康乃馨，尽管她会唠叨，但我觉得这样的唠叨很家常、很暖心，也很幸福。不厌其烦甚至还有点窃喜她的唠叨，有了母亲的唠叨，这个世界的温柔永远都会在。即使自己能够活到八九十岁，有了母亲多少还会有点孩子气。有母亲在，自己的内心是安宁的，面对死亡也就有了一道帘，不年轻的自己会觉得自己还不那么老。

　　祝福母亲，祝福天下的母亲，节日快乐！

情迷秋草人世间

　　只是因为在上世纪留学时住了后乐寮，多看了小石川后乐园的草木，再也没能忘掉那植物的生生息息。

　　距后乐寮不足百步之遥便是后乐园的入口处，这座被冠以"特别历史、特别名胜"，融合了中国儒家文化、寓意幽深的日式庭园对贴邻的后乐寮的清贫寮生特别爱顾，门票对折，花上150日元，就让你在拥

有 300 年园龄、曾是德川家邸的艺苑里浪上浮生半日闲。

有着全日本赏樱枫梅、赏菖蒲名所美誉的小石川后乐园，春夏秋冬次第登场的樱花、菖蒲、红枫、蜡梅从不会辜负前来的赏花人。坡上的杜鹃、架中的紫藤、田里的稻穗、池边的荷莲、湖畔的燕子花、河岸的曼珠沙华……有名无名的花草点缀着别有洞天的后乐园。春有百花秋有月、夏有凉风冬有雪，这一座隐逸繁华的江户庭园，赏赐了我多少四季美景中的好时光；这一方隐逸闹市的恬静之地，滋养了我多少芸芸的草木心。

很多年前的秋夏之交，携子去了日本海最北端与俄罗斯邻接的礼文岛，这座被誉为花之浮岛的岛屿人烟稀少，除了海产品都得岛外运入，自然原始空灵荒凉，静谧得让人心慌，唯有那蓝天下面迎风而笑的花草抚慰着心慌的你。

当行走在桃岩瞭望台和元地灯塔间 2.5 公里的栈道，蒲公英、高山青、三叶草、紫参、瞿麦、蛇床、路边青……富贵的、苍凉的、妖娆的、平淡的，花岛的各种花草在栈道两侧绚烂地开怀畅笑着。这些在海拔 2000 米高山上才能看到的阡陌之外的野生花草，却出现在海拔仅 0—300 米的海岸缓坡上，真是自然界的珍稀。望着逸散在山坡草原、林间隙地、海岸湖畔的群落花草，踩着夏季的尾声在初秋中依然怒放，那一丝的心慌没有了。

　　秋去冬来，白雪皑皑的花岛被封，游客被拒岛外。草木在酷寒中寂灭，又在雪地里涅槃。枯荣更迭、生死相续，挑战生命的禁区后在春天旦重生，在春风中一如既往地讴歌日本海最北离岛的生命奇迹，开怀笑迎四方来客。

　　彩霞满天，夕阳西沉入海。礼文岛的落日醉美无限，香深港的海胆甘旨之极，然难以忘怀的还是那高原群落的花草，那份内心对秋草的膜拜。

　　花岛之行，爱上秋草，深深地爱上荒野中的秋草。

疫情爆发前的秋冬之季，在儿子用心做了南美游的攻略后，一家三口踏上了南半球。行至圣地亚哥，儿子调整了旅程，因为那里有座被誉为空中花园的圣塔露西亚山，孝顺的儿子察觉了妈妈想在那里多看看、多走走的端倪。

这座空中花园的山顶可鸟瞰全城，极目可见头顶雪冠的安第斯山脉。向北沿着古木参天的林荫小道，通向葱翠勃郁的山间曲径，两旁野花姿色撩人，难怪空中花园还有一个令人心动的名字——"情人山"。我调侃地对身边大学一年级的儿子说，南美旅途太劳顿，妈妈平生恐不会再来，你可要

携你以后的女朋友重访"情人山"哦！儿子笑而不语。

　　原为堡垒的圣塔露西亚山，圣地亚哥市府对其做了花园式改建，种了大量千姿百态的仙人掌、棕榈树、旅人蕉、虎尾兰、龙舌掌、变叶木、霸王鞭等南美耐旱植物，同时也植有不少东方风情的秋樱、马铃、万寿菊、茉莉、朝颜、金盏草、芦荟、瞿麦、百枝莲等的草本植物。枝干硕健、花瓣敦实得像上了蜡的人造花的南美植物映衬着茎叶纤弱、花瓣薄逸、好生怜爱的东方情趣的草本植物，在蓝天白云下的情人山却是那样的相得益彰，或许这也是空中花园被称为"情人山"的缘由之一吧。

　　南美之行颠沛辛劳，但世界遗产的马丘比丘、热带雨林的亚马孙河、惊心动魄的南极冰川……一路的异域风光、异国风情值得我们为了那份壮观、那份美丽去鞍马劳顿。何况于我而言，更有难以忘怀的在情人山与前世的小情人一起惊美在那山顶上长及胸腰的蓬蓬栩栩的大片芒草。

　　南美之行，情迷秋草。

　　露水先白而后寒。两周前的寒露，侍花一盆以应时令。花材中可以没有红枫、可以没有万寿菊，也可以没有秋海棠，万万不能没有的是芒草。将在岩代太郎《秋之芒草》钢琴曲中完成的《秋草精魂》的插花作品微信发送给远方夜读中的前世小情人，我们竟不约而同地想起了两年前情人山的那一片芒草。

　　千山万水走遍，天南地北看尽，钟情的还是那离离的原上草，思念的还是那远方的亲人。

秋樱飘舞秋日里

　　红蜻蜓漫天飞旋的时节，秋樱也就开始轻歌曼舞了。NHK 电视新闻中说东京昭和纪念公园的小山丘上秋樱满开了。

　　时间过得真快，又是一年秋天到。

　　秋樱，也称大波斯菊，如果真是从波斯传来，那么就是一位远道而来的宾客了。大和民族直接以外来语 KOSMOS 的发音称呼着他们喜爱的秋樱，词源来自希腊语"美丽"之意。中国刚改革开放的那几年，山口百惠电影风靡中国的大江南北，她的歌声也像邓丽君的那样为国人所迷爱。其中《秋樱》一曲歌唱了一个女子成为新嫁娘之前对母亲的感恩和不舍，荣获日本十年流行歌曲第一的榜名，感动了一代人，俘虏了多少女孩子的心。

　　很久很久以前，看过田中裕子主演的电视剧《阿信》和她主演的电影，折服于她的演技，是我热粉的实力派女优，11 集电视剧《母亲》，因为有田中的出演，平日里除了英语新闻，几乎不看电视的我，竟着猫追剧了起来。追剧中，山口百惠的那首《秋樱》词曲不是跳进在我的心海就是浮上我的脑海，每集结束后我会自然而然地轻合双眼再陶醉一遍山口百惠的《秋樱》。

　　歌曲的前半部分是温婉的倾述，就像一泓清溪缓缓流淌，高潮部分是发自肺腑的拳拳之情，感人之深，寂寥落寞的调性使人略感凄婉，一幕幕的回忆片段、一片片的内心温存，撩拨着听歌人的同理共情，待字闺中和为人母的都会情不自禁地再一次想起曾经点点滴滴丝丝缕缕的生活细节、一

些永恒的欢笑和不能自已的泪水、抹不去的遗憾和心有不甘的无奈。

我们会有这样的心路，有时候因为一首歌，想起一个人、一段情、一生难以忘怀的往事。

秋樱纤弱的花茎撑起一朵单瓣的花，左摇右摆随风摇曳，纤细柔弱的姿态惹人心生怜爱，单薄的叶片、粉嫩的色彩使人联想到春天里随风飘落的樱花，叶形近似樱花，花开时又像樱花那样烂烂漫漫，也许因此而被命名为秋樱吧。

秋樱是讨喜的草花，东洋人尤其宠爱它。很多地方会把休耕的农田改造成秋樱的花田。通常在十月开花的秋樱又称为"十月花"，直到明治时代才传入东瀛，瞬间就植入东洋人的心，席卷列岛。它是秋天的讯号，是秋天里一道不可或缺的植物风景线。

180公顷、相当于代代木公园和上野公园的总和，东京巨蛋四十倍之广阔的东京国立昭和纪念公园可谓气势恢宏，为纪念昭和天皇在位五十周年而建，位于东京市郊府中、八王子一带。公园的一端，有一座小山丘，种满了秋樱。花期时竟有550万株不同种类的秋樱色彩斑斓地点缀着秋樱之丘。花片细碎轻柔，浅紫粉白，纷红骇黄的花叶迎风飘曳，如烟如梦，秋樱之丘的花海誉满列岛。尽管东京都都心的水泥森林间的小公园也有秋樱可赏，但与租借一辆自行车哼着秋樱

小曲迎风漫游在广袤的绿色森林里，或安步当车漫步在霞蔚
云蒸的秋樱之丘，那份天高云淡人在云间的惬意是不可同日
而语的。

　　这座在战后废弃的美军旧陆军立川基地原址上建成的昭
和公园，出自景观设计巨擘小林治人之手，崇尚来源于自然，
而又不简单地模仿自然的设景理念。园中植物品种不多，常
常以一两种植物作为主景植物，再选用一两种植物作为点景

植物，层次清晰，形式简洁，然而却十足地耐看。日式园林与中式园林同属东方园林，但又不同于中式园林。日式园林通过有选择地与中式园林兼容并蓄，同时又吸收西方园林之长，尤其在园林建筑方面的卓越之处，发展了日式园林，不愧是改良能手的国度。日本大大小小各类花道流派多达上百种，其中最具代表性的三大流派为池坊流、小原流和草月流，在共性中各有其特性。小原流的宗旨是亲近自然，用双足插花是指迈开双脚，走向山野花田，将自然藏于胸，在花器中将花道展现得如花在野。

秋樱很贴切日本的自然景观和人文心理，俨然一副东洋本土花草的姿态，但是它的原生地却是远在墨西哥高原。曾云过这个仙人掌之国的一些城市，由于是在春夏之际，很遗憾没能观赏到传说中的"处处野花、漫山粉色、秋樱艳冠群芳"的那一派烂漫锦绣。

上海花市场的卖花人几乎都会对买花人介绍秋樱就是格桑花，其实在西藏，格桑花是泛指诸如波斯菊、翠菊、高山杜鹃、金露梅等，是藏区民间对美丽花卉的统称，都称其为"格桑花"，意为幸福花。

曾冒着高原缺氧的危险，带着年少的儿子和同学游历西藏，记得司机兼导游的藏民小伙子用英语夹杂汉语和我们交流着，他问我们：

"你们知道西藏为什么这么漂亮吗？"

儿子立马回答：

"那是因为天是湛蓝湛蓝的。"

儿子的同学附和说：

"因为在这样透蓝透蓝的天空下什么都会是漂漂亮亮的。"

藏民小伙子眯起眼睛神秘地告诉我们："那是因为高原上的格桑花，它把美丽献给了西藏，藏民都喜欢它，视它为吉祥物，称呼它为幸福花。我们拉萨市的市花就是格桑花。"

圣洁之花秋樱，寓意着高洁和幸福。

秋樱是菊科秋樱属植物，和菊花一样都是在日照时间变短之后抽花苞，是最具代表的秋季草花。秋樱有个"黄花秋樱"的近亲，祖先也是在墨西哥，开花的时间早于秋樱，种子落地生根，生命力超强。在墨西哥游逛时曾打过照面，开着橙色、黄色的花，就是没有红色的花。日本桥本有位爱花者，二十年如一日地潜心研究，终于改良出了开红花的秋樱，获得金奖，一朝成名天下知。这种红色秋樱被命名为"日落秋樱"，在昭和公园，只见不少赏花人用相机聚焦"日落秋樱"，橙红的花不由让人联想起醉人的夕阳。

此后日本还相继培育出超小迷你的日落秋樱，又改良出浅花色的秋樱，之后又培育出肉粉色的秋樱，还有白底绿边

的、红白相间的，等等，花期中纷红骇绿、霞蔚云蒸，日本
人对秋樱的厚爱有加可见一斑。

植物有情是"有情之眼"看出来的。如此，人与花相对，
但需相笑不语，百感化得一个喜字，足矣。和花草多多相处，
与家人多多相处，花草用清香、色彩、形状、表情等来神秘
地影响着我们。我们和爱的人在一起，苏格拉底说的情波的
那种东西，"每逢他凝视爱人的美，那美就发出一道极微分
子流注到他的灵魂里，于是他就得到滋润、得到温暖，苦痛
全消，觉得非常的快乐"。

我不是为爱名花抵死狂的那一种，喜欢名花更喜草花，
从名花到野草杂花，见花则喜，无花不欢，因为它滋润了我、
温暖了我。

茨城县的日立公园的秋樱也是很有名头的，但我没有去
过，明年秋天也要去那里看看。

黄金城道最东京

　　三十年前刚到东京，电视台正在热播由人气爆棚的俳优铃木保奈美、唐泽寿明主演的《爱的名义》，该电视剧与《东京之恋》《101 次的求婚》《29 岁的圣诞节》等当时流行的爱情电视剧截然不同，虽也主打"青春""友情"等在当时看来有些老套的主题，且最后一集的收视率高达 32.6%，打破了当时的最高纪录。明治神宫外苑金黄的银杏并木的画面在剧中反复出现，银杏并木的尽头是 1926 年竣工的、彰显着神圣而又透逸着对称建筑美的圣德绘画馆，馆内展示着明治天皇和昭宪皇太后在世时的壁画。四排对称的 300 米长的银杏并木就像一个个穿着黄色军装、列队整齐的卫士，威武挺拔，时刻守卫着尽头的绘画馆。神宫外苑金黄银杏并木的那条黄金城道，一时成为大学生和职场年轻人的话题。热恋中的情人要去走一走，步入求婚阶段的，更是要去充满仪式感地来个单膝下跪。

　　毕竟这样的一条自然和人文交融、拥有百年老树的黄金城道，是树小墙新画不古的新兴区域所不能替代的。我很早就知道了那条路，记住了那条路，也去走了那条路。银杏叶儿次第渐黄的秋天，是一年中我最爱的季节。当冬季来临前，银杏树尽染金黄玄色，国内外很多人都会造访黄金城道。这里的金黄圣叶，自然也博得摄影师们的青睐，他们肩扛"大

炮""小炮",来到他们心目中的秋天摄影圣道。尽管世事匆匆,但无论如何,在这个金黄的季节里,我总也要去这条黄金城道走一走。秋风紧、秋意浓,深秋初冬的暖阳洒落下来,心也会温暖地美丽起来。金灿灿的柠檬黄,阳光下全身透亮,金黄叶子没有一点病态,有的只是朝气蓬勃,充满活力。风吹过,树上的金黄叶子如同一只只小蝴蝶,纷纷地飘落下来,俯身捡起一片落叶,那金黄叶片就像一把精美的小扇子,边缘波浪形,长长的叶柄就像扇子的手柄,叶脉依然还是惹人喜欢的青绿色。越往边缘,颜色越淡,最后变为浅淡黄色。

帝国的首都被称为帝都。神宫内苑大片的森林，外苑大片的绿植，穿行在金黄银杏并木的黄金城道里，怎么也都会感到帝都的豪绰。

神宫外苑也就是神宫内苑外围的庭院，表参道就是通往明治神宫内的正面参道。1964年东京奥运体育馆就建造在神宫内苑毗邻的代代木公园，每当走到代代木公园就想起小时候半导体收音机里宋世雄那耳熟能详的开场白：

"听众朋友们好，我是宋世雄，现在我在东京代代木体育馆为大家直播篮球赛事……"

2020年东京奥运体育馆建造在神宫外苑，邻近有近百年历史的、有着"棒球圣地"之称的神宫棒球场，附近还有橄榄球场、网球场等一线的运动场馆。2019年樱花盛开的时节，事务所的元老赴日赏樱，看了代代木公园的樱花后径直去神宫外苑走了一走，走累了大家就坐在即将竣工的奥运体育馆前那棵樱花老树下的木椅上小憩。

"代代木公园额樱花老赞额，树噶粗、树冠噶大，日本人伊拉哪能躺勒草地上看樱花额?!"

"明年阿拉还要来东京额，空气噶好，物事又噶好吃，假使还能看得到奥运会开幕式就好了。"

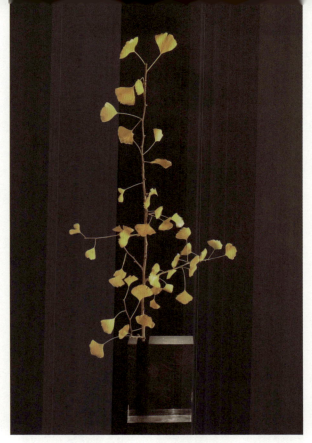

功成名就的大佬们坐在木椅上一边小憩，一边侬一句我一句用吴侬软语的上海话掐指盘算着第二年、第三年的出行计划，不年轻尚未老，有财力有体力，活出步入初老前的精彩。看着天南地北、谈笑风生的大佬们，深感他们学养教养的丰厚、阅历经历的丰富，卑微如小草之我能融入这样一个大树的群体里同业共事，这是小草的所幸。

期待着笫二年夏天到东京看奥运会开幕式，可世事难料，此后的这个世界变得谁也未曾料到，我们被疫情改变得太多太多。神宫外苑的银杏并木依然高耸挺立在黄金城道，延期了一年的奥运开幕式依然拉开帷幕，只是观众席上没有一位观众，到东京去看开幕式恍如痴人说梦。

　　我虽偏爱小城古镇老村庄，但也喜欢着大东京，它在不断变化中生存着，地震的袭击、战火的焚烧，它还能像不死鸟那样从灰烬中重生起来。林立的高楼，川流的人车，东京随处都能遇到驱散我寂寞的情景，然而依然留有神宫外苑、神宫内苑的那份森林绿植、那份繁华中的宁静，让我喜欢得难以抵抗。

　　榉树蔽天的表参道、银杏高耸的神宫外苑，这一带有着上千家咖啡馆，典雅高贵，风情时尚，室内的、露天的都有，深得女性尤其是少妇的青睐。欧风美雨的熏染，衣食无忧的闲适，日本女人会把心放进去品，把情融进去尝，再把咖啡屋的心情带回自己的家。我酷爱茶，但也不拒绝咖啡，时间允许也会在这一带择一咖啡屋闲坐。这里咖啡馆脱凡超俗的精神气质，宁静如诗的氛围，使苦涩的咖啡更为香醇，这又赢得文人的爱顾。他们在心灵自由、情绪恒定的状态下，一杯咖啡品出百般滋味，在神经松弛中洗练着他们的哲思。在人文精神不断让位于经济发展的当下，快、浅、薄的大宗速成文化随处可见，然而这一带的咖啡馆恪守着自己的独特，断定咖啡一经连锁便失去原滋原味。这里的咖啡人在捍卫着一种精神，也在抗衡着一种世风。

　　夕阳西沉、暮色降临，其间的间歇是晚霞。扶桑人珍视晚霞，用一暗淡、二暗淡、三暗淡的语境来表达夜色在晚霞中的次第渐进。夜色中，连接地面的大幅玻璃墙上柔和的间接灯光，让咖啡更趋浪漫，细听神宫内苑风掠过百年老树的沙沙树涛声，松尾芭蕉、西行法师的俳句不时会涌上心头。

　　神宫外苑前，坐在大幅落地玻璃墙内能尽览银杏树和喷泉的那家咖啡馆，女性都喜欢去那里泡咖，从青春偶像到丰饶女人、未曾失去青春而身心又成熟起来的少妇。我猜想，这些热衷于到这一带泡咖的全职太太，她们的婚礼大概率是在这一带举办的呢。表参道、神宫外苑有不少小而精致的商业婚礼场所。婚礼在神社、葬礼在寺庙，这是日本人的习俗。上午在明治神宫道士为新人主婚的日式婚礼，下午到教堂接受教父祝福的西式婚礼，晚上在亦东亦西的婚宴接受双方家属和亲朋好友祝贺的婚礼。如果婚宴能在这一带举办，那就像我们上海在衡复风貌区那一带的老洋房私家花园里举行，那样既有财务底气，又有人文底蕴。

透过面向外苑的一面玻璃墙，能见墙内衣香鬓影、觥筹交错的婚宴动感美篇。日本的婚礼程序繁多，高潮阶段当数孩子给父母或父母给孩子信之类的环节。新郎新娘以及双方的父母都神色凝重地站成一列，走过路过的人都会隔着玻璃墙像看大片那样欣赏着里面充满仪式感艺术性的动态真人画面，每次我都会敛声屏气地比其他人更长时间地看着里面，不知道的人还会以为我情感受挫而死盯着薄情郎的婚礼呢。呵呵！新娘取下白色手绢开始抹去止不住的泪水，双肩微颤，梨花一枝春带雨，泪漫漫的婚礼。日本的物哀文化也体现在喜庆的婚礼上。中国也有哭嫁的，可那是一个新娘坐花轿的年代，离开娘家的不舍，回娘家的不易，但到婆家前止哭，否则被指责不懂规矩不吉利了。

在这一带看了这么多的婚礼，在东京也临场了不少婚礼，还没有见过一个在婚礼上不哭的新娘。在参加律所的女律师和女秘书的婚礼上，几乎零距离地看到新娘从泪眼汪汪到潸然泪下。婚假结束回所上班，午餐间我问及新娘婚礼上的眼泪，回说那是一种诀别般的情感，物理上的距离再近，婚后改姓随夫家，从此离开生养自己的父母独自撑起另一个家，对父母养育的感激、丈夫携手人生的感慨，更是意志决心，哪怕娘家近在咫尺，结了婚就是主妇，就是夫家的人，必须自我面对琐碎和苦累，不能娇矜、不可任性……那是百感交集、感慨万千的眼泪。

黄金城道柠檬色的银杏叶片随风而舞，新娘开始了全新的人生路。叶绿叶黄又叶落，岁月的美丽在于变化的无限。

中国，尤其是上海这样的大都市，出嫁已无新娘哭了，娘家那么近，有委屈无委屈随时都可以回去诉个苦、撒个娇，婚后甚至比婚前和娘家关系更亲密，动辄丈母娘给女婿一点微词听听，一点脸色看看。结婚生子、相夫教子，日本女人婚后有了孩子哪怕书读到博士也会放下手中的工作，就像山口百惠放下话筒离开名利场头也不回。新娘、家庭和社会都有这样的共识：你的工作谁都可以做，你的孩子却只有你。

透过玻璃墙我看到了哭泣的美丽。

同样婚礼不同光景。就像乌鸦，国人和东洋人的认知也不尽相同，甚至大相径庭。

两年前我试探着询问赴日赏樱的律所元老是否去神宫内苑看看美丽的乌鸦、听听美丽的乌鸦粗犷哀婉的鸣叫，大佬们一脸困惑的神情告诉我，请国人去欣赏乌鸦那是一个无情之请，乌鸦在国内名声不好，"乌合之众""闭上你的乌鸦嘴"，甚至将听到它们的鸣叫视为凶兆。

乌鸦在中国古代的名声还是相当可以的，被视为太阳精魂的化身。马王堆出土的汉代帛画，里面的太阳是一只三条腿的乌鸦，无论古代还是现代乌鸦在日本真是太有人缘了。据说，当年神武天皇东征遇袭，是乌鸦为天皇排除了险境。乌鸦在哪里筑巢，预示那一片就要兴旺发达，日本人看待乌

鸦就像中国人看待喜鹊那样。崇尚乌鸦还不只是日本独有，在夏目漱石的《伦敦塔》里，我读到了英国伦敦塔上的乌鸦，说乌鸦是英国和伦敦塔的守护神，伦敦塔饲养着五只乌鸦，死去一只，必补一只，永远保有五只乌鸦。

唐伯虎意境绘画的代表作《春雨鸣禽图》，画中的乌鸦很美、很独特，有范得堪称一绝，何多苓的《乌鸦是美丽的》画作，2012年上海春拍中以380万落槌，大受追捧了，还有……但这些并没能改变国人对乌鸦的偏见。

毕生和山野自然满怀情爱对话的东山魁夷，一生画山画水画自然，只就以东京为主题曾绘制了一套十二幅的组画，大文豪川端康成为此作了优美的序文，喜欢并擅长收藏的他又收藏了其中的一幅"皇城根"。东山魁夷说，我要画出我的东京来，画面上既没有人，也没有车，只有优雅恬静的街树和建筑。他的金黄银杏叶铺满寂静路的画作，很美、很哲学。看着这幅画作，让我想起京都的哲学小道。记得二十年前去大阪出差，受关西首屈一指的大律师之邀在大阪一晤。也是有缘，两人在日本中央经济出版社先后出版了《中国公司法》一书，自有不少的话题可聊。我们一起从大阪坐了15分钟的新干线，去京都银阁寺旁一条细长的绿荫覆盖的哲学小道走了一走。在凝集了日本文化底蕴的哲学小道，细听日本大律师对哲学之美的娓娓而侃，有点明白了一种最纯粹的美是如何从哲人的灵魂中呈现出来。走在神宫外苑的银杏并木的黄金城道上，看着步道顶端的绘画馆，似乎走在京都的哲学小道上。

病膝时有疼痛，宵去顺天堂就诊。向着御茶之水的方向，蓝天下圣尼古拉斯教堂浑圆的屋顶和别致的钟楼两相映辉，默默无语又互诉心曲。而通向骏河台方向的陡坡两侧，银杏树高高耸峙，挺拔的枝条安详而有力，路过时总要伫立着看上几眼，看着看着总会想起安徽歙县唐模村的那一棵树龄1387岁、树干壮硕数人合抱的老银杏巨树。当秋风吹黄了夏日的绿，千年古树金黄满冠，古意幽幽，顿生念天地之悠悠的苍然之感。俟至深秋初冬，黄透了的叶子，熟透了的果子，风吹过，叶飘果落，臭汁湿地。在日本我还不知道是否有高于这棵树龄的银杏树，只知道在伊豆的城崎海岸有一棵全日本最年长的杨梅树，推测树龄1000岁，日本文部省为它颁发了"国家重要文化财产"的认定书。这样想来，神宫外苑百岁的银杏树，在唐模村的这棵古老巨树面前只是小树一棵了。但是走遍千山万水，看遍五湖四海，还真没有遇到森林般的一整片都是百岁树龄的银杏树，聚合集结后叠加出魅力无限，最美不过外苑银杏的金黄灿烂了。上海崇明学宫明清建筑群门前，四棵350岁树龄的银杏老树，层层叠叠、气势恢宏，也有一种聚集后的震撼之美，但和东京一等地黄金城道的100岁、200棵、300米，四排列齐刷刷的一片还是不能等量齐观。

为履行"四月份设立东京分所"的既定目标，疫情中排除万难从上海飞抵东京。在这个前所未有不平凡的春天里，

高频地去黄金城道走了又走。四月初，神宫外苑的四排银杏
并木已冒出一层娇嫩的黄绿，随之又从淡绿到翠绿再到老绿，
独特的圆锥形的树木高耸入云。几十年来，从没有像今年这
样如此入微地打量过它们，也许濒临失去倍加珍惜。NHK 新
闻说："因开发之需，神宫外苑一带的部分绿植包括黄金城
道的部分银杏树将会被砍伐。" 町会征集居民反对砍伐的签
名呈交知事小池百合子，以此拯救那些即将面临死神到来的
银杏并木。作为东京秋季物语最具代表性的一景，在东京最
负盛名的黄金城道，即便不是附近住民，也会痛惜不舍，因
为这里的百年银杏并木无可取代，它们见证了东京的百年历
史。多少人曾在这里走过，在这里留下他们的故事，更何况
有些在黄金城道形成的故事还在延续。

也许黄金城道百年银杏的树神们，知道了它们即将被砍
的宿命，看着树干上的年轮，似乎青筋暴裂；望着树瘤里的
结疤，又似乎怒目圆睁，以往温馨从容的树神当下迸发出愤
懑抗拒，抵抗中的狞厉之美，从中我解读到了神秘威严和崇
高，犹如青铜器上的纹饰，原始恐怖、幻想怪诞中的沉着和
雄健。百年银杏树已是一人难以合抱了，百年的餐风宿露风
吹雨打，使它树皮粗糙沧桑满身，但是苍老的银杏树依然高
耸挺拔、生机勃勃。

我醉美黄金城道的深秋初冬，上帝一定是把手中调色板
上的金黄色全部恩宠了黄金城道。树上挂满金黄，树下铺满
金黄，一条金碧辉煌隧道般长廊的黄金城道，谁人不陶醉，

谁走谁陶醉。恨不能掐住时令的脖子，让寒冬不来，让秋色不老，让金色永存！

　　走在神宫外苑，又见乌鸦在黄金城道的银杏并木上飞过，留下粗犷哀婉的鸣叫，喜欢乌鸦的我此刻却用国人对乌鸦的认知解读了它的鸣叫。

绽放寂寞的桔梗

知道桔梗还是在很早以前。小时候体弱多病，小学二年级前后有近一个学期休学在家中西医调养。这时候在写有密密麻麻药材的中医处方中看到了桔梗，和母亲去中药铺抓药时看到的桔梗就像切成片的人参。

桔梗在中国更多地被视为中医药材，在朝鲜半岛则更多地被视为传统食材，《桔梗谣》与《阿里郎》一样是朝鲜族人民无人不会的名谣。半岛的南北不对眼的两国，当《桔梗谣》响起的时候，半岛南北的人民似乎也会暂时放下隔阂芥蒂，同听一曲、同唱一歌，就像一对不和的夫妻，面对共同的孩子都会放下身段听取孩子的声音一样。

在文化沙漠中成长的我们这一代人，小时候在有限可看的电影中都看过《卖花姑娘》，记住了金姬和银姬，也能哼唱《桔梗谣》的旋律，"道拉基、道拉基、道拉基……"，现在知道原来"道拉基"就是桔梗。

在日本提到桔梗，首先想到的不是中医药材，也不是腌制泡菜，而是它美丽的花，紫色的绽放着寂寞的花。不仅如此，桔梗还花品高格，文化寓意深厚，是大和民族内涵丰富的文化符号。寓意着忠诚、

永恒的爱的桔梗，在《万叶集》中的秋之七草里被吟咏，作为秋季物语的代表花草，多少的和歌俳句无限地宠爱着它，为它讴歌，为花梗纤细的桔梗撑足了腰。

到了日本我才真正知道桔梗开花的模样，后来在研习日本茶道中，更明白了纤细文弱的它承载着厚重的文化内涵。如果说樱花是武士的象征，菊花是皇室的标志，樱花和菊花都是文化意义浓厚之花，如果还要说第三种文化符号之花，当数桔梗了。

桔梗，桔梗科，它的干燥部分为药材。《本草纲目》记载"此草之根结实而梗直"，也许因此而被命名为"桔梗"。它的花朵多为单瓣，亦有重瓣和半重瓣的。生无桃李春风面，名在山林处士家，花姿花色静雅被誉为花中处士。山野中自生的闲花野草、惹人关注的桔梗，其叶如人参，清代《花镜》中说桔梗"开花青紫色，有似牵牛"。其实它的优雅风骨远胜牵牛朝颜，至少在我的心目中是这样的。

曾四次被诺贝尔文学奖提名的三岛由纪夫，在小说《繁花盛开的森林》写的桔梗"在秋雾飘荡中，依稀可看到远方有很多桔梗花，那些花儿如同一张薄棉被般，在秋雾中绽放着寂寞"，风吹薄瓣，楚楚可怜，淡然安静的紫色，浓淡深浅无限差异，情趣随之发生微妙的变化，高雅柔艳、温冷动静最具神秘感，东洋人对它喜爱有加。

赤橙黄绿青蓝紫，色彩从欢快浓烈次第向冷静靖庄渐移。紫，循序加深就是黑，黑也代表死亡之色，而紫序次的另一个边界即为蓝，那是生命的海洋里最富饶、最深邃的区域。紫色在生命的边界上，是审视、威仪和冷静。日本金色勋章和紫色绶带同时出现，至高的权力往往代表着一种变化的边界。一袭紫袍裹身盛妆登场的女士，往往意味着一种不言自明的尊贵，遏抑欲望的独一无二。

诗人山上忆良作为遣書使在中国研习汉学三年，他的秋之七草中的"朝貌之花"，一般认为是桔梗。说起朝貌，自然联想到夏天的朝颜，但日本朝颜娘家是中国，咏诵这首和歌前，它应该还没远嫁日本呢。古人曾把木槿称作朝颜，也有人把木槿视作"朝貌之花"，但查考史料那时候日本还没有木槿，由此朝貌之花妥妥地就是桔梗了。

"秋天原野上盛开的花，屈指数来有七种"，七种花即七种草，佛家有七宝之说。

　　山上忆良说他四季众花中更喜爱秋天原野上卑微而美丽的七草野花，紫而微小总是淹没于荒草的七草中的桔梗中国人并没有觉得它有那么的美，想到的首先它是药材。

　　桔梗花含苞时形如僧帽，开花后状似铃铛，故又名"僧冠帽"。花蕾如同气球一样鼓鼓的，感觉随时要崩裂，绽放后犹如星形一样奇妙。它花开蓝紫，一阵风过，拂动着的蓝紫色桔梗，钟形的桔梗花瓣像风铃那样摇曳生姿，飘散着幽幽清香。

　　木槿也好，朝颜也好，最得秋意的也非桔梗莫属了。初秋的山野草地上，桔梗头顶着五星的钟状花，亭亭玉立，秋风中飘舞。桔梗特有的紫蓝色被称为桔梗色，与秋天特别地映衬，文人墨客爱它闲云野鹤般的遗世独逸，它的清高遁世自然不同于凡花俗草。

　　蓝紫色清冷高雅，桔梗是寂寞秋天的象征，一种冷寂之美，有悲怆之意。日本千古绝唱"为樱桔莫销魂"，感叹美好的易逝，如春之樱花秋之桔梗。

　　桔梗是永恒的爱，也是无望的爱。既然是永恒为何又无望？无逻辑的悖论，但人生并不是完全依循生命的逻辑走的，它代表着一种感情，永不言弃的感情，送给情人也送给不曾为现实哭泣、却为回忆落泪的永不再见的人。

　　中国、日本、韩国同是使用方块汉字的东方国度，而对桔梗这样的植物，认知的视角不同显而易见。走出去看世界彼此有个文化认知进而认知趋同是有意义的。至少可以让我们知道在这个世界上并不是所有的行驶全靠右侧，不是所有的婚姻全都是一夫一妻，也不是所有的葬礼全都是悲伤的。

　　花是自然精灵，与植物精灵同一空间的感觉会很奇妙，在山野深林、年复一年的花事相遇重逢，天道循环、生生不息，人在草木精灵间真好，工作的困顿、尘世的烦琐都忘却了。在鸟虫屋苍灰褐绿的后院意外地看到开得纤弱的桔梗，开得寂寞，以它惯常的随意。看着它心生怜爱，我好喜欢，面对一朵深渊色，那些看不见摸不着的又时时纠缠着我，试图将我压碎的压力，被一缕花香即时抚慰，清愁顿生，放松千万斤。

　　喜欢紫色，喜欢具有神秘感的桔梗。对着一朵花看久了，会不自觉地为它微笑起来，心中再多的阴霾，也会云散。冷雨凄风的秋夜里，书斋案几上那开着紫色的桔梗花，如同一簇蓝紫色的豆火，且寒还暖，且暖还寒。看着它花落，花瓣不见枯黄，秀敛的花朵深垂，我看到了一个故事的一段美丽就此封存，一夜的清愁，等待下一个花季的开启。

人淡如菊书岁华

记得以前每到秋季上海的公园里总少不了菊展。

小时候跟着父亲去中山公园、西郊公园还有豫园等公园去看菊展，虽不太喜欢菊，但对于贪玩的我而言，去看菊展意味着可以外出放野玩，西郊公园有我喜欢的草原英雄小姐妹的硕大石雕，还有有点像太湖石的熊猫岭，我喜欢爬上去玩，曾听祖母讲过中山公园里那棵独木傲霜的梧桐老树的故事，那棵梧桐也是我喜欢云看看的，到了豫园城隍庙还能吃到那个年代得以解馋的纸三角包的五香豆和鱼皮花生，还能到宠爱我的舅公舅婆家里去蹭饭，我喜欢借着菊展外出兜风。

解放后新中国每到秋天全国各地都会有菊展，而我们上海的菊展总是独占鳌头，所向披靡。尤其是 50 年代中叶的那次在中山公园的菊展，那一只用白色菊花菊艺制成的和平鸽和那幅也是用白色菊花菊艺绘成的第一个国家五年计划的建设大地图据说还真是轰动了全国。

50 年代的事，对一个还没有出生的我怎么能知道呢，只是看菊展时听家父常提起而已。

记忆中不管是哪个公园的菊展，那菊花好像都

是盆栽的、人工培植的、大大的标配式的，花朵肥肥硕硕，花瓣重重叠叠，看上去就像木讷迟迟的人造花，直到成年后的很长时间里也都没能明白菊花到底好看在哪里，总觉得它少了几分生机，缺了几分灵动。"帘卷西风，人比黄花瘦"，古人的菊，我想应该不是肥硕的、人工栽培的、小时候去公园里看菊展的那样的菊吧。

菊，秋的代名词。蟹肥菊黄，持螯赏菊。菊秋里，设菜花宴，饮菊花

茶，睡菊花枕。短篱残菊一枝黄，正是乱山深处过重阳，没有一种花与人世间糅合得这样的家家户户、如火如荼，可是我却偏偏喜欢不起来菊。

直到挥别一介留学生身份成为一个纳税者的社会人，有一次和事务所的同僚们去参加上司父亲的追悼会，为了融入年功序列等级森严而又繁文缛礼的日本社会，追悼会的前日，我还专程去了日本桥的高岛屋，在秘书的导购下咬紧牙关买下了一袭价格不菲的参加追悼会穿着的丧服和不显露金属扣的黑色小提包。上司的父亲曾是日本高级司法官僚，那天国际检察官协会副主席主持追悼仪式，最高检察厅检察总长致追悼辞，东京特搜部部长等诸多国际派法曹精英前来哀悼。

追悼会偌大的厅堂，灵柩的前方和周边，错落有致地铺设在前墙的菊花和妥帖地安插在遗像同缘的菊花，那份神圣凝重的美感震撼了我，那份被菊花营造的无尚高格的美感惊讶了我。这样的葬礼让人感到，每一个生命确实是有意义的，直到离开人世驾鹤它界，依然可以有称作是缘分的菊祥物，将逝者与关联的人通过菊互联在葬礼上。哀悼者无表情的哀悼表情，充满着对人生的感恩和接纳。这世界水在流，云在走，没有什么一直待在原地等候你。花开有度聚散有时，生命中的逝去原本就是生命的常态。

草木皆华于阳，独菊华于阴，从此爱菊。

　　追悼会后的年许，约上世纪末的前两年，荣获日本法务大臣授予的外辩资格。在法务省大楼里，伫立在司仪官前举起右手宣誓忠于法律、忠于事实，其后全日本律师协会颁发我的一枚律师记章，记章的形状即是一朵具象的菊花，每每望着这枚足赤的金色菊形律师记章，宣誓时的那一份神圣感、荣誉感和使命感便会油然重燃，这一枚菊形的记章，让我对菊的淡然高节有了崇高的敬仰。

　　花事至菊而尽故曰"鞠"，鞠是菊之本字或通假，鞠者，尽也。日本授予首相的最高荣誉勋章名为最高荣誉大勋位菊花勋章。菊者，尽也，至高无上的标格。明治神宫的正殿坐北朝南，东、南、西三条参道，每一条参道的大门镌刻着皇族的菊花图案。

染上了爱菊的嗜好自然会更多地关注菊，会更自觉地从历史文化层面用心去读懂菊。

入围奥斯卡的影片《入殓师》中多次出现的菊花画面，3·11关东大地震，避离危及生命场所的井然有序，面对食品恐慌依然前后等距离地排队购物表现出的那份不争不抢的菊然淡定，世人无不惊叹日本国民视死如归的生死观，而日本国民这种凛凛菊然的生死观恰恰又是融入血脉、根植骨髓的，文化的力量不可估量。

中国古代常把植物上升到人格高度并赋予不同的道德品格。梅花孤芳、松柏后凋、兰有国香、菊有晚节。

清末缶翁于1888年拟高南阜用墨，画有题识为"梅花屈强黄花瘦，谁伴山跻绝世姿"的《梅菊双清图》。集诗书画印于一身的老缶苦铁一生画菊无数，写尽了菊瘦花黄，印象最为深刻的是题识为"荒厓寂寞无俗情，老鞠独得秋之清。登高一啸作重九，挹赤珠霞沧英落"的《菊石图》，和题识为"夕餐秋菊之落英"的《菊石图》。我爱菊，爱它欹斜起伏的自然姿态，喜欢将它案头清供，配以拳石看上去好像一幅活色生香的吴昌硕《菊石图》，这样的盆供即便到了夜晚亮灯后，还可以欣赏到墙上的菊影，黑白分明、水墨入画。明清时的文人冒辟疆与董小宛共赏菊影，赏菊又赏菊影，将菊视为真正知己，晨昏相守，真正的爱菊人。

法籍华人画家常玉更是一生专情于菊，存世的50幅菊画，幅幅画尽了菊的清丽超然，其中《菊花与玻璃瓶》更是透逸高节，看到东方花卉的菊用西洋油画来表现，演绎出的呼之欲出的清丽超然，对东方元素的花卉应用水墨水粉来表现这样的固化认识是多么的井底之蛙，自感汗颜。我试着将菊花插入玻璃瓶中，透明的玻璃花瓶将瓶外的菊花和瓶内的枝条有机地连接，使得花作更有整体感，更清丽透逸。

《浮生六记》有说"酒瓶既罄，各采野菊插满两鬓"，想着这样的文句，垂目思量野菊遍插两鬓是何等调性，如果说遍插茱萸有怀念之情，那么野菊插满两鬓除了怀念我想应该还多了一份气满乾坤的若兰清气。菊花的品类很多，同为菊，我更偏爱雏菊、小野菊，它们有着大地清香，人淡如菊、如花在野。

韩国电影《雏菊》，国际版和亚洲版的都看了，雏菊气质的全智贤是让人喜欢的。雏菊是她心中艺术理想的象征，那份等待在淡淡的雏菊中含蓄地渐进，那份爱恋和雏菊一样淡然，隐隐浪漫中的感伤，"微香冉冉泪涓涓"恰如李商隐吟咏。她扮演的主人公画家惠英的一段有关雏菊的花语也会让有人生阅历的人有着心痛的难忘：回忆里的爱情比等待中

的爱情更令人痛苦，无法诉说的爱情比可以告白的爱情来得更长久。

　　小野菊多为丛生，花小如钱，色有淡绿、粉红、金黄等。荷尽菊残、风紧寒生的晚秋时分，山野的小野菊却披垂而下、

野趣淋漓。黄昏夕阳中，我爱挪步到鸟虫屋的后院去走走，那些疏疏朗朗满开的小野菊，星星点点不经意地四处散放，朵朵小花如同秋阳的细小碎片斑斑驳驳。看着生机灵动的小野菊从伊豆石的缝隙中俏皮地伸展出来抖擞着，我总会蹲下身子与清丽无邪天趣盎然的小野菊对视后把它们请回屋里瓶供。采菊东篱下，悠然见南山。环望四周看看自己站立的方位，该是"采菊北篱下，悠然见西山"。

　　"兰有秀兮菊有芳，怀佳人兮不能忘"，让冷香幽幽、冷淡出世的小野菊陪我夜读，让篱下采菊的道骨仙风伴我左右。

令和初茶话茶花

"令和"二字，出自《万叶集》中的"于时初春令月，气淑风和"，这诗句似乎化用了东汉张衡在《归田赋》中的"于是仲春令月，时和气清"。

2019 年 4 月 30 日，明仁天皇退位，5 月 1 日皇太子德仁即位，平成结束，令和启用，日本历史上进入第 248 个年号。令和开启，终于真正地感到平成真的离我们而去，些许的若有所失的惆怅之余，又怀抱一丝的期许，若干年后令和又会以什么样的姿态与视线来怀念平成呢，就像平成眼中的昭和是怎样的一种姿态那样。

对于年号的称呼，觉得比数字排序的公历叫法多了一份情怀和浪漫。近代到现代日本的年号，时间顺序分别是明治—大正—昭和—平成—令和的现在，如果时光能够倒流，回到昭和，蓬勃发展的日本，经济上升，人人都充满精气神地撸起袖子，反观当下少子老龄化日本，在感叹中确也有一种无力感。得益于高度经济成长带来的优渥生活与积极心态，又经历泡沫经济毁灭性的冲击与挫折，不正是祭奠结束后陷入寂寞的感伤之中，徘徊在茫茫夜路迟迟不愿回家的心境吗？

5 月 5 日东京茶道会馆举行隆重的令和初茶茶会，

年逾古稀的教授我茶道的五藤礼子先生携我同往出席。礼子先生的母亲盐崎弥荣子，里千家第十四代家元的长女，培育茶人无数，生离死别的情感经历、自强不息波澜起伏的人生是女性励志不二的教科书，在 NHK 教育频道讲授日本传统文化、礼仪教养，并著作等身。我从弥荣子老先生的诸多专著中，读到了很多源自中国的日本文化。非常荣幸也非常怀念在老先生健在时曾有过的关于中日传统文化礼仪教养的深度交谈。

这样仪式凝重、规格高标的茶会，担心自己的膝疾不能正常席地跪坐的窘迫、担心自己礼仪不够周全的闪失，在诚惶诚恐中车抵早稻田大学附

近的东京茶道会馆，进入会馆恰如时空隧道穿越到远古的唐宋。唐风宋韵今犹在，那时存在，今日依旧，时间在茶道会馆仿佛被锁定，我捧起茶碗，闻到了来自中国的茶香，读到了陆羽的《茶经》。

　　茶与茶道有着不一样的文化态度，茶叶原产中国，但演化成"和敬清寂"的茶道，成为一门生命美学，是在日本完成的。茶从一片片小小鲜嫩的绿叶变成了文化，文化就可以被学习被传播被风雅。茶走了很长的路，随着遣唐使漂洋过海抵达东瀛国，在这里，茶演化成了茶道。

　偌大的茶道会馆，苍天老树蔽日，植物无数，茶花处处，看不尽的阴翳之美。

　比起色彩斑斓的东西，大和人似乎更喜欢灰灰的、暗暗的、涩涩的东西，比起打磨得光亮鲜丽的人为之物，大和人更青睐朴质枯淡的自然之物。相对于雕梁画栋、金碧辉煌的日光东照宫，大和人更倾向于本色原始的明治神宫和出云大社，前者没有被选作日本建筑的代表，而后者成了日本建筑的典范。

　　茶人对花的膜拜是茶道世界里唯美仪式中不可或缺的一部分，山茶花是主角，秋草野花是常客。简素的文化体质，侘寂的人文精神，使得那些喧嚣艳丽的花品难以进入清敬和寂的茶室。

　　千利休在茶道的要则中苛求茶花"如花在野"，不仅仅是形式上要把花侍弄妥帖，如同在自然幽野中感悟的禅意禅趣那般，对花的敬重就是对神佛的敬重，茶道的世界里对佛的膜拜衍生出对花的膜拜。一花一世界，幽玄茶室中的茶花能够见到天地宇宙。

　　茶，饮品，从中国传入日本，以上流社会的风情雅致，步入诗文的殿堂，15世纪日本将其晋升为一种唯美的信仰——茶道，通过"修行"来求"心"之道，是一种对"残缺"的崇拜。"花儿最盛时，何必月正圆"，是在我们都明白不可能完美

的生命中，为了成就某种可能的完美进行的某种修炼。

幽玄的感觉最初来自中国老子的玄之又玄、众妙之门。在中国文人那里是一种哲学的含蓄，表示事物的本质有无限深奥和难以言尽的妙趣。幽玄，给人的感觉是黑，但它又不是墨黑或全黑，是少许带一点红的黑，少许带一点绿的黑，十分地幽微玄妙，存于心不传于言。

茶汤的滋味，能感觉到幽玄的生命力，茶道在所有根底就在于生命的幽玄之味，如果没有这个根底，茶道只不过是一种空洞的形式。每天喝茶，每天与自然的生命力接触，不能替代的喜悦从茶汤中来。茶事中如花在野的茶花，回归天真自然质朴，一枝一朵删繁就简，去除不必要的枝枝叶叶，回归简单必要。但行好事，莫问前途，像植物一样生长、生活，简单就好。

明王象晋在《群芳谱》中写道："山茶，一名曼陀罗树。"而在《阿弥陀经》中，世尊在说到西方极乐世界时，有"昼夜六时，雨天曼陀罗花"的描述，于是山茶就与佛教发生了联系。

山茶花是否就是佛经中所说的曼陀罗花，实在无从考证。东坡居士在《和子由开元寺山茶旧无花，今岁盛开二首》其一中就有"久陪方丈曼陀雨，羞对先生苜蓿盘"之句，用的就是《阿弥陀经》里的这个典故，可见宋时就有山茶花即曼陀罗花之说了。

　　书画挂轴和茶室的花在茶道中不可或缺，山茶花和莲花一样被认为是佛界之花，是茶道修习和茶事活动中常被爱用的茶室之花。礼子先生还专门开设如何在茶室中安插山茶花的特别讲习，之前总觉得山茶花的叶片方位多向，叶背难以

侍弄，听讲后对厚绿多向的叶片处置得心应手了。看着妥帖的花和叶，读出了"花到山茶知清雅"。佛性的山茶花，修剪繁茂的叶片，佛即禅，即思定，简约的视觉下，是向内的张力和敢于销蚀的深刻。

山茶真是太喜欢开花了，山茶所孕育的花蕾繁多，在一根枝条的顶端，还会长出一个两个甚至更多的花蕾，需要手工疏去一些蕾，以便使花开得更健硕。种花的最高享受不在于花开多少，而在于花开多美，一朵开得让你心仪的花，远胜十朵羸弱单薄的花。山茶花的花色有单色的，也有复色的。单色的山茶花常用作茶事中的花茶，因为单色的更能体现花质的精粹。

与海为邻的鸟虫屋的石级缓弯处的斜坡上，一棵有我二人高的花开红色、树形标致的山茶树，在冬天会先开一朵，再开一朵，像是探春又像报春，开得大且时间长，等到春风拂遍，许许多多的花苞同时开放，碧绿的叶丛中托起朵朵重瓣的茶花，满缀花朵的山茶树就像一个大花篮，一派春深似海，而青溪后院的齐腰高的茶树也开红花，花头远不如那棵繁，我把它们手植在高高大大的香樟树的下面，以丰富一下高高的树干和低低的茶树厚叶的视觉层次。我在记忆中搜索，好像还不曾见过一朵凋败在树上的茶花，这也是茶花的可贵之处。

　　山茶花美叶秀，它藐视风寒，傲霜斗雪，顶凌而放，严冬中给万物以希望，弥足珍稀，备感高贵。无论花色还是花叶没有比茶花更完美的庭院花卉了，观花又能赏叶，四季葱绿，叶片厚实，即便不是花期，也是浓绿油亮，值得赏叶。山茶生长缓慢，它的枝条，每年五厘米左右，永葆天然可观

姿色。山茶所要求于护花人的是要掌握好"度"、要有"耐心",而度和耐心,几乎是做好任何事的前提,因此种好山茶,其实也是一种自我修炼,或称之为养心。

李渔在《闲情偶寄》中写山茶花时说"此花也者,具松柏之骨,挟桃李之姿,历春夏秋冬如一日,殆草木而神仙乎",李渔说山茶是花而神仙者确实不错。因山茶终年常绿,经冬不凋,且特别长寿,中国的道家又以之为长生的象征,道教的宫观中自古即喜植山茶花,崂山太清宫中至今仍有六株山茶古树,其中树龄最长的一株据说为武当山道人张三丰手植。

明御史黄宗昌所撰《崂山志》中载:"永乐年间张三丰者,尝自青州云门来于崂山下居之。邑中初无耐冬,三丰自海岛携出一本,植于庭前,虽隆冬严雪,叶色愈翠。正月即花,蓓艳可爱。"史中所载的耐冬,即为茶花的别名。山东那一带至今还称山茶花为耐冬。聊斋原文中描写,耐冬是青岛崂山下清宫千年古树成精,幻化人形名叫绛雪,隆冬,冰天雪地,绿树红花,红白相映,气傲山雪,故而得名"耐冬"。山茶科山茶属常绿灌木的山茶,于瑞雪飞舞时开花,花瓣鲜红欲滴,花心嫩黄骄人,花期长达半年之久,是青岛的市花,印在青岛的市徽上。

让自己也成为美丽的事物,又如何去接近去追求美呢?茶道大师努力在这一点上超越艺术家,让自己成为艺术本身,可谓是纯粹和谐融合,追求唯美精神的禅意。每一位伟大的茶人都是禅的弟子。数年前，年逾九十的里千家大宗匠来到我们上海的玉佛禅寺在觉醒大和尚的陪同下佛前献茶的一幕让我感动。尽管看了N遍，当晚我又看了一遍《寻访千里休》，人物美、画面美、语言美、极致的精神美。唯以美而生之人，能以美而死，千利休最后茶会，"永远"占据着悲剧之美的制高点。

茶室是简朴素雅的"不全之所"，艺术是性灵的交流呼应。花草需要珍惜敬礼，而茶人不只在生活中贯彻茶道的唯美精神，更不惜生死与之，以身殉美。所以日本茶道的世界里，就定会有一个名字——千利休，创立日本茶道里千家的始祖。

花到山茶知清欢，归来还看山茶花。

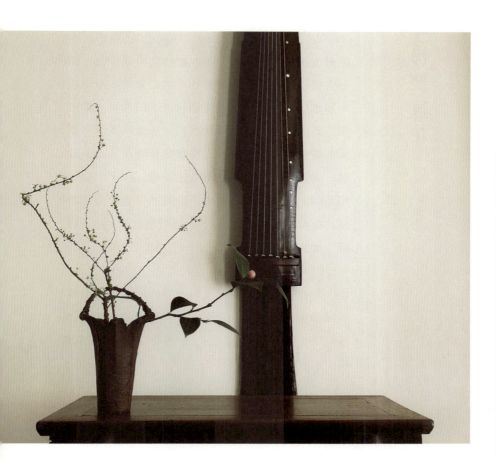

插枝蜡梅便过年

梅花先趁小寒开，山茶独殿众花丛。

岁除之日去花市，水仙、雪柳、天竺、瑞松、茶花，还有手腕粗、黑褐色、苍古虬劲的海棠干枝，捧回一大摞以备大年初一的岁朝清供。凭仗心脑里留存的海派巨擘吴昌硕笔下的墨梅老干的拷贝，按图索骥，偌大的花市终也没能入目一枝疏瘦横斜得以入画的蜡梅枝条。据说侧枝横杈的植物花店几乎就不进，就是品类繁多的花市也很少进，除了不那么占用空间的干枝，或是剪掉了最美的旁逸斜出的对生枝，花商觉得张牙舞爪、纵放恣肆的枝条不便运输，价值又上不去，很难盈利。

好在爱儿满周岁时在城西草庐的后院手植的那一棵蜡梅树，历经二十多年日月风霜的洗礼，已出落得绿叶纷披、枝条繁密了，如值花期更是缃黄满身、梅霞团簇。

从花市驱车直驶城西。风还凉，百花依然安详，抵直庐未入内，踩着慕候园的枕木小径走向后院，未见蜡梅、却闻梅香，暗香处处而又香在无处寻。步入傍青僻静后墙角落悄然微开的蜡梅树下，如沁浅香已然是浓郁得化不开的扑鼻醇香了。但见蜡梅树上无一空枝，枝条上素心磬口的蜡梅正蓄势冲寒待放、

在萧索中冷艳孤绝地独秀着，怦然心动，一树自在的冷香。

料有清福对梅花，我凭栏而赏。

含苞蓄蕊、一树黄花的蜡梅树映衬在白色的墙上，恰似泼洒在白色宣
纸上的一株蜡梅。色、香、形、韵、时，样样到位，稀、斜、横、老、瘦、

含，项项不缺，俨然一代宗师吴昌硕以石鼓文、草书的运笔，在凝神静气后一气呵成的大写意"扫梅"的画作。看着黄如蜜蜡的蜡梅花骨朵儿，又看那磬口微开的蜡梅花，那似启未启花开一分的蜡梅花似嗔非嗔地对着我好像在诉说着什么：数十年来，年年花开，却年年花自开，我能解读出那份憋屈的花语，为花主奔汲江淘年年错失目睹花开仙姿的那份无奈……不由想起吴昌硕阔别故乡重返故里，在超山赏梅时留下的动容之言："十年不到香雪海，梅花忆我我忆梅。"

观赏着一树的蜡梅，窃喜幸好破往年之例没去东京出差，铁定在上海安度新春长假之举实乃明智，对得起蜡梅，也对得住自己。

冬季日短，西风有些紧，寒冷生起。作为花材的植物本当购取于店家，庭院里的花木当以一棵树整体观赏，奈何花市没有心仪的梅枝可供，只能对眼前的蜡梅树动手动脚了。于是起身进屋，去没有烟火气的厨房打开抽屉取出日本购入的修枝的工具花钳和花剪，胸有成梅。利索地择枝剪取了蜡梅枝，终得着花满满且能入画入诗的蜡梅枝条。自然生长中最有生气的梅枝，满树的蜡梅尽善尽美的往往也不会超过两三枝。入目入画的枝条几乎全让她们离开了母体。天气预报说新年中上海会降雪，雪是雨的精魂，梅是植物的精魂，实在是太应景了，有梅无雪不精神，有雪无诗俗了人。雪花、冰花、蜡梅花……

古往文人墨客风雅之士，或骑驴，或踏雪，到山坳水边去赏梅，谓之"探梅"。雪霁天晴朗，蜡梅处处香。骑驴把桥过，铃儿响叮当……今日天未雪，南方无驴可骑，上海除了佘山丘坡别无他山，虽驱驾现代交通工具，却怎么的也有那么一点骑驴踏雪、深山探梅的心境。

自城西返回城中，将心仪的蜡梅枝条安放在花桶里，在桶里兑了些许植物养护液，还放了些许的食盐。

岁穷月尽辛丑年。除夕年夜饭后的夜晚，去储物间小心翼翼地从木盒中取出我所珍爱的铜铸竹型花器。悠悠岁月打磨后积淀在花器上的温存典雅的幽光介于蜡梅花和蜡梅枝干之间，同色系的和谐让人感到妥妥的舒服。将 Y 形木栅搁置在花器内缘，灌以清水。在花桶中选取一枝，删繁就简稍事芟剪，摘除过多的着花后，将其侍入花器。退步而观之，主干老、侧枝瘦、横斜影疏，萧然的清朗冷艳意趣，虽未达至臻至美，但也算是顺心合意岁朝清供的莳花了。

随后我将摘取下的蜡梅花骨朵，照着汪曾祺所说的做法，把花骨朵儿用铜丝穿成蜡梅珠花，间以猩红色的天竺小圆果，学做项翾。梅花五瓣，是快乐、幸运、长寿、顺利、和平五

福的象征，据说那是拜年贺岁送给长辈的上乘而又讨喜的礼
物。我认真而又努力地尝试做着，想在新年中送给家父家母、
公父婆母，祖母传授了我不少女红，遗憾的是我心手欠灵巧
终也没能如愿做成，好在清供还是如愿而成。

疏疏落落的黄花，看起来过于寂寞，而色彩也似乎单调了些，于是我又从花桶里取出红山茶，插在蜡梅枝条的下面作底衬，鲜红的花和厚绿的叶，把鹅黄的蜡梅衬托了出来，也有了新春的年味。

我怀宝抱珍似的将清供捧呈到厅堂的壁龛，再度端量，好一位称我心、如我意的清丽寒客。我索性将这位清冷为伴、寂寞为伍的寒客从厅堂请进书斋，我要在墨香的烛光里、在《梅花三弄》的古曲中与她结伴守岁跨年共度好时光；要和她一起联袂翻开新春的那第一张日历。

摆钟在滴答滴答声中离辛丑渐行渐远向着壬寅临近，忽明忽暗的烛光摇曳着，精粹绝伦的古曲流淌着，在烛光古曲中守岁的今宵，我领悟了一生爱梅自嘲"苦铁道人梅知己"的吴昌硕种梅、赏梅、画梅、咏梅，最后长眠于超山梅林的一生，更领悟了一方"只有梅花是知己"的金石闲章成为鲁迅一生珍藏的缘起。

岁朝清供一蜡梅，折得一枝、天上人间；清丽安暖、流年芬芳。

紫薇长放半年花

院内有一白一红紫薇二株，前庭东南墙角，是一株约四米高的粉白色紫薇，花色幽柔。熏风忽而吹过，舒展的枝条随风漾动很是曼妙；东南面是一米高的赤紫色紫薇，花色璀璨、枝形硬硕，两倍于树高的蓬径，别有风致。一红一白夏味很浓，撑靓了暑日无花的院落。

满腔艺术人文情怀还能口操日语的园艺才俊为此野外四处寻猎。暮春之际在浙江奉化当地的一个

被称为"十八盘"的山村，偶见了这株美轮美奂倚屋而栽的白花紫薇，在夕阳下正旁若无人地怒放着，花花叶叶、枝枝杈杈遮蔽了村舍的西窗，微风轻拂浸漫在晚霞中的紫薇，舞燕惊鸿、轻曼婀娜……

如果说树型美轮美奂的白花紫薇是可遇不可求的，那么枝藤交错、虬劲四展、树型矮壮古媚可人的红色紫薇同样也是可遇不可求的……当时听着这位对话中不时混搭着日语单词的园艺才俊的讲述，一直认为身为父辈艺术教育家的艺二

代的他是为了情怀而从事园艺的，对他产生了一丝王婆卖瓜的书香铜臭的商务之嫌。很多年过去，过眼了不少的紫薇，比对是最直观的认识，我理解了他说的可遇不可求的内涵。感喟他不愧是艺二代，也内窥并反省了当时自己的鼠肚鸡肠。

对远道而来的这位白花紫薇贵宾，主人该好好地伺候才是。我在枝叶舒展漫散的粉白紫薇下安放了一只双人座小摆幅的秋千铁椅，铁椅两缘的扶手外侧植入多色的玫瑰。并在外侧铁椅扶手的玫瑰的外后侧，安置了一尊一手持琴弓、一手握琴身、长发飘飘颔首垂眸、静闻风声的铜铸雕塑，院落的东南墙角年中多有花看。玫瑰未谢、紫薇已放的春末初夏，那个东南角是我的最爱，坐在花伞下的椅子上轻晃浅荡、似醉如梦，此时，爱儿总喜欢挤到我身边，还有三只爱犬也会蹦跳上我们母子的膝腿上，一起摇呀摇的。

老是念想着园艺才俊对白花紫薇来到青溪宅院前的情状描述，自觉不自觉地总会在夕阳的黄昏中移步东南院角去细赏慢品那株可遇不可求的白花紫薇，想象它在山村老家屋舍的夕阳西轩下的模样，也会想象惠风和畅中白花紫薇下长发飘飘的女孩手中的弓弦会流淌出怎样的旋律。

随风摇曳中我发现了它的美，也读懂了它的美，远离故乡孔根魔都使它不再孤芳自赏，花开自有赏花人，至少在这个世界上有这么一个人对它投注了无限的瞩目。一枝数颖、一颖数花、一树的烂漫，凑近细看单朵的花，六片圆形花瓣弯弯曲曲的边缘，外弧很长皱皱的，花心有很多花蕊，最外面的六根尤其长，花很独特，蓝天白云下一树圆锥状的花穗满是扑朔迷离的浪漫，晨昏观赏朝夕相处，我也真是赚足了眼福。

　　紫薇原产于中国南方，如今处处可见的紫薇，在唐朝可曾是花中贵族，栽于宫苑官衙之中，即便后来它早已不是唐时的高调客了，却也常被说成是官运亨通出人头地的花，总与衙门扯在一起，与官场有着脱不了的干系。后引入东瀛国，

日本皇家园林多见它的芳姿，尤其在日本的寺院更是多有栽种，每年夏季最隆盛的盂兰盆祭祀节，紫薇是点缀寺院不可或缺又是最为浓重的一抹色彩。

从东京涉谷地铁站走向代代木公园、明治神宫的明治大道那一路段，多有紫薇栽植。从立夏、芒种、夏至到小暑、大暑、处暑的节气里，太阳坦坦荡荡地当头照射，红色紫薇一路高扬怒放，从那一路段拐至表参道的那一街区，国际一线品牌的专卖店和日本小众人气品牌的门店鳞次栉比，挤满了来自全日本甚至世界各地的年轻潮人，潮人欢声笑语、紫薇花开色浓，路旁满树的艳丽灿烂在夏日浓绿中长放的紫薇摇荡生姿，整条街流光溢彩、美艳绝伦，仿佛整个天下都是它的，独占芳菲占夏景，不将颜色托春风，还真有着一种你无我有的差异化竞争的智慧，一解花奴盛夏无花可赏之恨，毕竟四时有花人不慌。

我虽然不年轻了，但也热衷跻入前卫的时尚达人行列，常会去那一带的街区溜达，尤其是在潮人欢声笑语、紫薇花开浓烈的有声有色的日子里，抬头看一眼在骄阳下、微风中妖娆颤动的紫薇，心头总会涌起生命的鲜艳。

紫薇花开有大年小年区分，今年适逢大年，宅院紫薇的枝枝条条都烂漫着花、如火如荼。紫薇花完全彻底毫无保留地开放，一簇簇的满树芳华，引得蜜蜂嗡嗡嘤嘤、花蝶翩翩而舞。百日红之于夏天，一如樱花之于春天。

在这个紫薇大年的八月仲夏的一个周末，为事务所中的元老，也是业界大佬的六十还历寿辰，同所的同仁们相聚紫薇花下，同看流云舒卷、花开满树，在欢声笑语共话万事盛好的庆贺中迎来了黄昏，在夕阳的黄昏中、在烂漫的紫薇树下，咔嚓声中留下了青溪雅集的寿庆大合影——瞬间而又永恒的大合影。

夕阳西下、池月东上，夜幕降临了，院里篝火燃起，蜂蝶无声了，乐人箫笛悠扬。紫薇满开下的六十华诞的晚宴香槟准时开启，香槟软塞"砰"的一声弹出酒瓶的声响如枪响，随着响声成串的细小而丰富的气泡冲向夜空、飞溅紫薇花上，淡淡果香融入紫薇花香，此时此刻，花不醉人人自醉、酒不斟人人人醉。一位"酒精戏骨"高呼不愧是好年份的香槟啊，同仁们把酒言欢共祝华诞好年华。

仲夏之夜皓月清清，满天繁星熏风习习，花影轻舞庭院深深，月色中推杯换盏觥筹交错，同仁伙伴们紫薇花下共婵娟。月升月隐，依稀幻亦真。夜未央长乐未央，伙伴们低声慢话、殷勤致语。

子夜，曲终人散，紫薇花依然在熏风中曼舞着。

一树合欢满庭香

西郊宾馆皇家风范的名木古树像一根根高耸的擎天柱托举着苍穹，树枝舒展延伸出北墙外，浓荫匝地，遮蔽着本不宽敞的虹古路。

坐北南望，望眼参天大树，丰硕的树冠像一把把绿伞撑向蓝天，一道独特的天际线，魔都难得有这么低矮的没有高楼的天际线。

青溪宅院的绿植嘉卉总让我夷愉。普普通通的花草树木在我的眼里都是琪花瑶草、三树琼枝。看着逐年绿浓的植物，我悠然自得，心有所喜。环视院内，觉得天空似乎宽绰有余而阴翳不够，如果再多一点绿荫可能会更养眼一些，便想添植一棵树，一棵树干典则俊雅、树冠浓绿疏朗、树香清幽芬芳的花树，种种的候选树种在脑中过滤后逐一剔除，仅在蓝花楹与合欢树中徘徊，考量到植物的本身和人文的派生，最后我内心选定了合欢树，觉得树身三丈枝叶柔纤、四散纷披亭亭如盖的合欢更为应景。

"合欢树，合家欢乐皆大欢喜，开出来额花又是红堂堂，像把扇子，老好看额"，把我拉扯大的祖母一个劲地比画着抢先说好。祖母的内心从来就是她栽培养育了我的定位，那些笑不露齿肘不过肩的老派规矩都是伊老人家对我的调教。

　　"合欢花，有点像马铃上的红缨，北方称它马缨花，也叫绒花，绒花
和荣华富贵的荣华谐音，种在家院还挺吉利的呢。"哈尔滨出生的婆婆说。

　　"一生同心、一世合欢， 名字老讨喜额。六七月份开花一直要开到
秋天结果，花期长，老灵老赞额。" 祖籍上海的母亲应和着婆婆的话说着。

　　两位典型的太太万岁的上海男人——父亲和公公，也都迎合着说合欢树不错，"合欢树好，讲是讲北方额树，不过花和叶长得嘎细巧，还真是老有江南味道额，种在院子里蛮搭调额"。

　　我问孩子他爸我伲家添植一棵合欢树可好，高高大大的男主人不假思索地回说"只要侬欢喜就好"。

　　我问年幼的爱子合欢树侬欢喜伐？我这里的问话还没结束他就点头"嗯"了一声，头也不回地继续和爱犬逗玩着。

　　长辈们侬一句我一句地打开了话匣子还在说着合欢树的这好那好。

　　老少众口一词添植一棵合欢树在家事议事程序上毫无争议地完美履行了。

　　说是请双方四老提提建议拿拿主意，其实择合欢而植我自己心中算盘早已定。所以一开始就把树种的品类引向了合欢，只是周末老人们来看望孙辈时，找个话题聊聊，热闹热闹，让老人们有个家事定夺权的成就感。

　　循着本方的诉求，植物猎手在昆山淀山湖的一户农舍前瞄到了一棵散植的、树型出挑的合欢树。与农家交涉后两厢情愿地成交了，对方可有可无，这里寻它千百度，皆大欢喜的结果是水到渠成的。

就这样宅院里妥妥地移植了一棵树型好看并有年轮的合欢树。

据说合欢原产于肯尼亚、埃塞俄比亚那一带，曾不止一次远足非洲，怎么也觉得原产地的合欢远不及宅院的入眼呢。就是国内甘肃宁夏那一带的合欢，总也觉得不如自家的好看呢。

一方风土养一方人，也养着一方的树。南方的合欢是清朗俊俏的，温润的风候滋润着合欢，使它花叶水灵清奇，着花色秀姿娇，粉红色的扇形针叶花，一如细羽，像小扇挂满了枝头，清风掠过宛若江南女子秉扇而舞。

纤纤碎碎的叶片，密密麻麻而又疏疏朗朗地在蓝天下搭起一座绿棚，宅院确也因此荫蔽了很多。绿棚上覆庇着一层粉红色的绵绵花绒，仿佛红紫祥云，缕缕清香从祥云中沁溢而出，香飘满庭。合欢树下，四世老少如沐香海，笑逐颜开地合欢着。都说合欢真好，合欢树下的合欢真是太好了。

在不出差的时段，我常会接祖母来家小住。祖母拄着拐杖总喜欢到院落的东北一隅的木椅上坐看前方低矮的天际，不时会眯起眼睛抬头端量东面偏北院墙的那株合欢树，看着看着还会露出意味深长的凝眸浅笑，嘴里还不时地絮絮叨叨自言自语，别人可能不知道她在絮叨着什么，但我知道祖母在说着些什么：当年嫁到裘家的海日房，送嫁的队伍何等风光，"十里红妆"热闹了整个裘墅……

　　我能够想象在曾外祖父事业鼎盛的人生高光期出嫁的祖母的送妆规格。

　　上海工商业隆盛，1930 年民国政府要求上海的各行各业成立同业公会，曾外祖父成为上海银楼业同业公会的代表人，

这意味着他不仅是一家大银楼的掌门人，也是同行公认的银楼业的翘楚。我在上海市档案馆的一份 1931 年 7 月 31 日上海市同业公会情况表中看到了上述记载，复印了一份，回家给了祖母，她戴上老花眼镜，读了好几遍，说当时《申报》上有不少报道，老太太的思绪好像回到了当年锦衣玉食的时光。

那个年代的故事我当然没有经历，感知的只是在祖母的话语里，还有那张曾外祖父六十岁寿庆的合家欢老照片。

从这一帧上世纪 30 年代中叶的合影里，不难看出当时合合欢欢的这一家子在上海十里洋场的生活样子：坐在中间的是曾外祖父，穿着绸缎长袍马褂和布鞋，神色自信儒雅，后排站着一排男士，个个身穿深色长衫，我还是能够从中辨认出丰神俊朗的我的祖父。曾外祖父左右两边的七大姑八大姨，全是绫罗绸缎的旗袍，旗袍下都是款式时尚的皮鞋，发型也是时髦的烫发和短发，祖母身穿一袭短袖旗袍，旗袍下是一双耐看的西式镂空皮鞋。照片上的四个小孩子我只认得出姑妈，那时她三四岁的模样，我父亲尚未出生，照片上的祖母正怀着我的父亲。传统家族的规矩体现在照片的座位排序上，上海新式的生活理念，又体现在大家的穿戴细节中。

记得刚入住青溪家院时，当别人赞叹"哇，你竟买下了别墅"，而祖母前庭后院看了看，轻轻说了声："嗯，阿拉终于住回别墅了。"一个"回"字，道尽了这个大小姐的一生岁月沧桑、人生无常。

三只爱犬绕膝于福寿兼备的九旬老人，学龄前的爱子嬉逐着爱犬，合欢树下，老祖曾孙、爱犬欢蹦，一派祥瑞。看着一老一小合欢树下的身影，内心涌动着对岁月的感恩、对生命的感激。虽然我未曾见过曾外祖父，但家族前辈奋楫争先的身影，始终在我脑海里引我前行。

　　月有阴晴圆缺，人有悲欢离合，但花好像没有悲欢离合，除非天候突兀秋行春令不依时节乱开花，一般还是跟着节气走，该开时开、该谢时谢，纵浪大化中，不喜亦不惧。眼前的合欢不也是这样的吗！合欢树纵然花期长，但还是会凋零，到了秋风紧西风烈的时令，花落叶谢，树容憔悴，一俟残冬，更是枯叶飘尽后孤立寒风中的萧瑟黯然。

　　有禀天地、万物之灵的人却偏偏会有感情，因此也就有了悲欢，又自作多情，移情花木。"泪眼问花花不语"， 花当然是不语，这些道理常识都懂，却依然会把悲欢离合情移花木。

　　花开花谢、流年似水，十多年过去了。

　　九十九岁的那年，祖母生命的灯油燃尽，无疾而终驾鹤仙逝了，而后的几年三只爱犬也相继因寿终正寝而西行了，爱子少小远渡重洋苦读，双方四老也因无孙可弄，周末来家院合欢小聚的回数也次第渐少了。

　　祖母作古、爱犬他界、吾儿远行，四世同在合欢树下的合欢，也成为不会再有的过往了。许多只有祖孙俩才知道的故事 ，此后也只归我一个人，我将带着两个人共同拥有的回忆，继续我的人生。也会在祖母的墓碑前，再为她点燃一支大红鹰，那个年代最廉价而对祖母来说却是最金贵的纸烟，那是我从小就会做的一件事，在香烟袅袅中，祖孙俩蜗居在曾是家佣居住的北屋相依为命，聊天做伴。昔日属于裘家的漂亮的大房子被收掉了，穿金戴银的日子也结束了。小时候去门前的小学操场燃玩百响，很多年后才知道这座小学当时的用房，就是裘家的祠堂。祖母老对我提起，裘家是有家底的人家，上几代都是清国学生……小时候我都不太懂，只是知道后来到祖父那里家道破落了，靠着祖母娘家的接济，支撑着一个支离破碎后来被称作工商业兼地主的家。

很长时间没有闲坐家院静观合欢了。初夏的一个周末，满庭的花香提醒着我合欢的存在。看着合欢树满开的一树绯

花，想起今年放映的电影《芳华》中韩红配唱的《绒花》，自然也想起三十年前电影《小花》中李谷一配唱的《绒花》，为《小花》中的绒花而感动，为《芳华》中的绒花而动容。语言到不了的地方，文字可以；灵魂到不了的地方，音乐可以。芳华已逝、旧事难忘，以前听歌听的是旋律，后来听的是歌词，再后来听的是故事，听故事里的自己，为故事里的自己而泪流。

一路芳华满山崖，一树合欢满庭香。

现在的我不年轻但还未老，却也像当时年迈的祖母那样喜欢坐在院落的东北一隅端量那株合欢树。景物依旧，却时过境迁、物是人非，只能记前度、寻芳事，梦中祖孙共合欢了。

紫藤架下读书郎

植物中，无拘无束攀缘的藤本植物是我喜欢的；色彩中，高贵静雅的紫色是我钟爱的；爱儿成长中，紫藤架下读书的光景是我怀念的。

我曾远足去了世界最为知名的、立于日本栃木县的足利紫藤园，感受过四棵 150 岁高龄的紫藤老树花开时满天紫色的震撼，但我还是更偏爱东京的第一赏藤地龟户天神社，在植物中植入了更多的人文。记得最近一次去是在爱儿高中升大学的那一年，因为龟户天神社与天满宫神社一样都是祭祀学问的神社，是学子祈求金榜题名的灵验之地。然而最喜欢而又不能取代的是家园里的紫藤。

上世纪的最后一年，怀揣襁褓中的爱儿从东京转辗故乡上海。寻寻觅觅，最终择定一庭院深深，有着好看的浅紫色外墙的寒舍而居。坐北朝南的寒舍东墙，从南到北架以紫藤长廊，腕臂粗的树干遒劲地扭靠在挺直的木架上，枯槁的根茎、皱裂的躯干，似干竭却姿态古媚，藤条缠缠绕绕。

年复一年，年年藤花紫，我饱领它的色香、虬龙般的枯干。

初春，新发的枝条青翠浅绿，紫藤花架上浓浅

不一的紫藤沿着设定的路径，寻着太阳的光照神乎其神地绵
延爬长着，嫩绿的纤叶一天天不停地覆盖着藤架上的天空。
到了春天，靠着墙的紫藤树干上的枝蔓还顺着藤架爬上了墙
角，探着头调皮地竟然将藤尖挤进二楼的卧室，让我好生欢
喜。庭院深深廊道长，长长的藤蔓被牵引到很远很远的前方，
紫藤架下翻动着童话书本的小小的读书郎一定在梦幻的世界
里被牵引得很远很远了。

　　岁月之美，美在它的静好，也美在它的流逝，在流逝的岁月里，又有多少人是我们心中盛开的紫藤花，值得我们停下脚步去怀恋。

　　庭院深深藤道长，无论是悲是喜、是哀是乐，抑或无所事事，在紫藤长廊下走走成了日课。暮春的繁花，盛夏的绿荫，晚秋的落叶，严冬的残枝，紫藤长廊的四时风光仿佛帘帘幽梦，每一季的每一帘都上我心头，而最上心头的那一帘当是暮春的紫中透蓝的紫藤花映衬在浅紫色的屋墙上，花光一片紫云堆，脉脉相承融入其中，犹如蒸融在紫气东来的烟霞中……千里风香春几许，庭前十丈紫藤花。紫藤最美的瞬间莫过于紫光一庭，穆穆闲闲中随风摇曳的模样。而于我在这最美的瞬间醉美于廊下的读书郎，在紫藤花架下的长椅上捧着小儿画册朗朗读书的小小读书郎。

　　年复一年，庭院里的紫藤花越开越繁、紫藤叶越长越盛，蜂蝶鸟也越来越多。一年一年又一年，紫色花穗的花舱里裹藏着的生命琼浆也越来越丰醇，随着紫藤树年轮的次第上旋，爱儿也渐渐长大，像小鸟一样飞出了庭院，时而又飞回家门。回忆像老旧温暖的相片，又像模糊而又温黄的书卷，紫色花瓣打底的背景让过往的岁月带着诗意。

一日，上小学二年级的读书郎从学校捧回了在陶艺课上制作的陶罐，拉着我要我去看看他的手工作品，陶罐正面一团倒挂的等腰狭长的紫中透蓝釉色映入眼前。

"阿宝，这是啥东东呀？"
"姆妈，侬猜猜看呀，就是侬欢喜额……"
"姆妈伐晓得呀，猜伐出呀。"
爱儿暗示我"是阿拉青溪园里额……"
我不解地摇了摇头。

他又提醒我说："上趟，阿拉还拿伊放到米粉糊里再捞出来，放到油锅里做过花瓣天妇罗的……"

"哦哦，是阿拉院子里紫藤架下的紫藤花。"我大声地喊了出来。

暮春，又见紫藤花开。花瓣绽放，蓝紫喷涌，时间也被打开。那青溪庭院紫藤花架下的读书郎充盈着我的心脑。眼前的紫藤瀑布如锚一般坚固的画面，铆住了易逝春光。时间的云层里，意识的蓝天下，由浅而深的花垂下，丝丝紫意在蔓延，那份蔓延似手拳的渐次松开，让紫藤花开的沉甸去牢牢握住童心。

春风吹过，满架紫藤。一院清香，景色依旧，只是紫藤架下少了小小的读书郎。

爱儿的那个手工陶罐成了我的珍藏，我把它放在我的书房里，腾出书架上足够的空间，让它稳稳妥妥地安放着，让正面的那一片紫釉正对着案具前坐着的我，无论春夏秋冬，只要抬头就能见紫。

秋冬风紧，叶片飘落，留下苍劲的干支和屈曲的枝条，我徘徊在孤清的紫藤长廊，想起川端康成说这紫藤花最懂多愁伤感。

紫藤的花语不就是依依的思念吗！紫藤花开于暮春，暮春时节总是带有些许的伤感和不念。鲁迅唯一的一部爱情小说《伤逝》，深切的期待与窗外的紫藤糅合在一起，有着朦胧的美好，紫藤花开满的院落，子君与涓生在一起的美好，成为涓生对子君的永远的怀念。

开满紫藤花的院膏，却不见紫藤花架下读书郎。

惆怅春归留不得，紫藤花下渐黄昏。

"紫藤里有风"，我痴坐花前，细细领略紫藤花的色香。想起了汪曾祺说的这句话。紫藤里的风，从旧年往事中吹来。紫藤花开细碎，还有那缠绕的藤萝，不就是心中不能放下的怀恋。

海棠依旧未曾眠

樱花开了，与樱花色形相似相仿的海棠花也开了。

看着前庭西侧着花繁美、雨后的花瓣更是鲜丽柔美的那一株西府海棠，从红到粉再到白，总会想起九十五岁清瘦矍铄拄着拐杖的祖母和五岁踏着滑板的爱儿，老少两人在海棠树下抬头看海棠花开的那一幕。

端丽温馨中潜藏着无声张力带有几分英气的海棠，像透了面慈目善、温良恭谦的祖母，那份不喧哗、气自华的风仪让人亲近又让人宁静。

大凡着花茂密的花，大多会开得有几分妖娆，但海棠花一朵接着一朵繁繁地开，却淡丽得很，像用心装扮过的女子，妆容精美清粹。

海棠又名海红，由梨花嫁接而成。木质坚实而多节，枝密而条畅。花有五瓣，未开时花蕾胭脂色，随着花朵的开放而花色渐淡，盛放时一白如雪，蔚然大观。

每次去鸟虫屋，在热海到伊豆高原的途中有一家名为"砂场"的荞麦面店，不管饿与不饿，总会停下车去吃上一碗天妇罗大虾荞麦面，拾阶入店，不管花开与不开总要和领座的店员说，要那个两边有窗的角位，那个餐位能见得窗外的露地里那株多横生枝、树型靓丽的垂丝海棠树。记得上一次去的时候，恰好邂逅了花期，海棠经雨胭脂透，那株好看的海棠树上的老干老枝和当年生枝均有

着花，那粉白的朵朵小花挨挨挤挤簇拥着、心无城府地开着，像足了家园前庭的那株海棠，开得烂漫，却意外地安静、楚楚有致，甚为丽瞩。

到底是有口碑的暖廉面馆，店外露地的四季植物错落有致、红绿瘦肥有序耐看，店内地道的和风恰到好处地点缀着手工小摆件，氛围类似茶寮，店家不减料更不偷工，上盘不是很快，甚至有点慢，但我一点也不心急，甚至内心还默默地期待上得慢一点，这样我就可以安于一隅在待餐小憩中好好地欣赏窗外景色。

"昨日一来到热海的旅馆，旅馆的人拿来了与壁龛里的花不一样的海棠花，我太劳顿，早早就入睡了。凌晨四点醒来，发现海棠花未眠。"这是川端康成的《花未眠》一文中篇首的一段文字，川端的文字总是在繁华中透出几分幽玄与清丽。他说倘若一朵鲜花是美丽的，我当善待此生，由海棠花的美联想到自然之美、艺术之美，风雅就是发现存在的美，感觉已经发现的美。毫无疑问，这位日本首位诺贝尔文学奖获得者的大文豪也是一位耽于生活艺术美的美学家，诸如这样的日常趣味，他视其为"物趣"，我常欣赏着他的"风景常新"四字的书法墨宝而窃喜，从中也感悟到这位伟大的小说家同时又是一位哲人。

当年川端康成宿泊热海的旅馆，写下了海棠花未眠，美文中到底是哪一种的海棠花费我思量，我也曾查找了一些花讯资料终究不得而知。荞麦面还没有端上桌，我喝着餐前茶、望着窗外的海棠树，凝视着海棠花，觉得它美极了，它盛放，却含有一份哀伤，我揣摩那文中的海棠，八九是垂丝海棠吧。

海棠品类很多，有西府、垂丝、木瓜、贴梗四种。世人对西府海棠好评有加。含苞未放时，花蕾红色，有着胭脂的味道，开花后渐渐粉白。人在花下，不时有花瓣随风飘落，有如花雨。《红楼梦》中海棠诗社、怡红院的女儿棠以及北京故宫文华殿前的海棠都是西府海棠，因西府海棠被认为是海棠中的上品，文华殿因沾染了殿前的西府海棠的喜气而更为驰名。我喜欢西府海棠，也喜欢垂丝海棠，执着地认为垂丝海棠是海棠中的上品。二者花色花型花期几近相同，西府海棠的品相风姿垂丝海棠几乎不缺，而垂丝海棠那"最是那一低头的温柔"，则是它的独有。一个"垂"字，道尽了谦卑和物哀，这也使我更有理由相信，海棠花未眠一文中的海棠当是垂丝海棠，不难发现，大文豪还是一位佛学家，虔诚的佛家弟子。物哀的风雅、哲理美与物哀美在禅趣中得到高级统一。

由侍儿扶着，去看海棠花是旧时文人的风雅之举。鲁迅在《病后杂谈》中说才子有两类，其中一类是，秋天薄暮、吐半口血，两个侍儿扶着，恹恹地到阶前去看秋海棠。东坡居士爱极了海棠，写下了"只恐夜深花睡去，故烧高烛照红妆"，夜深人静时，他要端详它的娇容，与之共度良宵。杨贵妃酒后醉眼残妆、鬓乱钗横，侍儿扶掖拜见皇上。"岂妃子醉，海棠睡未足耳"，文采帝王唐明皇把爱妃比作海棠。

夜读中读到周恩来在海棠花开正好时出访问瑞典，无缘亲临观赏，邓颖超在中南海西花厅前剪取海棠花一枝，做成

标本，夹在书本中托人捎去给酷爱海棠的夫君，周恩来看到蕴含着万般思念的海棠花，不禁动容。

海棠，承载着思念。

"自然的美是无限的，而我们能够感受到的美是有限的，美是邂逅所得，是亲近所得，是需要反复陶冶的。我之发现花未眠，大概也是由于我独自住在旅宿里，凌晨四点醒来的缘故吧。"我又想起川端在文中写到的。

花未眠而有人眠，有人永眠。一朵花的开放凋谢是循环反复的，而一个人的离去就意味着再不能相见，除了在梦里。

祖母往生他界已十年有余了，海棠那繁得好，也淡得好，最是那低头温柔的意象总是想起，尤其在海棠花开的时节，那白首黄童的曾祖孙俩海棠树下看海棠花的一幕更是想起。

往事如烟，浅笑而安。那一段安老怀小、敬长慈少的岁月很是怀念。

祖母是我情感世界的玉皇大帝。海棠花未眠，总觉得这时你应该在我身边。

但见樱花漫天舞

三月春分一过，樱花的花讯成了焦点，涌起爱樱人的无艰期待。

樱花没有辜负爱樱人的引颈鹤望如约而至，虹口足球场地铁站 1 号出口依然无愧于魇都最美地铁口，樱花展枝，一如往年迎候着爱樱人。

鲁迅公园拥堵了，园里的绿道被染成粉红。通向鲁迅公园地铁 8 号线虹口足球场站也因此热闹了。近悦远来，人们争相前往。走出地铁站 1 号出口，

170 棵"染井吉野"张开它们的枝臂，笑迎前来赏樱的你。被网友誉为沪上"最美地铁口"，俨然就是一个旅游景点，吸引络绎不绝赏樱客。

站在 1 号出口广场，俯首见得樱花树下"中日樱花园"的纪念石碑，想起了往年的花期中，樱花丛中人头攒动的赏花人。

何曾料想，今春的花开之期却遇疫情肆虐之时。伫立在门可罗雀的申城最美地铁口，望着几无人迹的鲁迅公园满开的樱花，我想倘若鲁迅先生在世也会点烟叹息的。

就像不曾料到鲁迅公园樱花漫天却门可罗雀那样，想必很多人也不曾想到，樱花是从华夏传入扶桑的。

日本的《樱大鉴》中记载："最早的樱花生长在喜马拉雅山脉，后来才传入日本。"据说樱花的原产地是中国，秦汉时期，樱花就广泛种植于宫苑之中，如果真是这样，那讨人喜欢的樱花可就是有 2000 多年的花史了。樱花在奈良时代由中国传入日本，很快受到贵族的青睐，并逐步形成了每年赏樱咏樱的习俗，渐渐成为日本的一个文化符号，并成为大和民族的精神象征。

其实在平安时代，作为汉民族人文精神象征的梅花一度成了日本的花魁，不过很快樱花就夺回了她的宝座。在室町时代，竟改良出了二十多个植物品种，到了战国时代，许多名贵品种毁于战火，不过在丰臣秀吉举办茶道醍醐赏樱会后，大和民众又重拾了对樱花的满腔热忱。我们现在看到的樱花大多诞生于江户时代，江户末期

由江户染井村的园艺师培育出来的染井吉野深受日本民众的喜爱　被广为种植，染井吉野渐渐地成了最具代表性的樱花，气象局预报的日本列岛开花前线也是以它为参照对标的。

即便是一介穷留学生时期，在东京我也会在春天里踩着短暂花期的脚步涌入赏樱圣地，多少还是能够感悟大和民族对入目凄美、惹人爱怜的樱花在绚烂之极而瞬间谢落，高光之巅中的转身离场的情怀。

兴勃亡匆，来得热烈走得匆忙。花开纵然美丽，花瓣随风飘著更是动人，也更震撼。

目黑川的河道中飘落在露出水面的石阶上的一大片花瓣，静美得曾让我合上双眼，只想把这一幕永远地锁在心里。五年前，也就是在这人世间还不知道新冠病毒为何物的前三年，携访日的美国律师去目黑川赏樱，记得是日下着雨，水面上的落樱在微风轻拂中飘移水岸而成的一望无尽的粉红花带，那从地面伸下水面的铺满花瓣的石阶花梯……这竟让我的律师姐妹直呼："快给我拍照。"说着不顾下着雨，快速地收起伞，在雨中亮了一个帅气的摆拍手势，露了一个美式的微笑。

"我原来还以为西雅图华盛顿大学里的樱花是世界上最美的呢。"她凑近我，嘴里呢喃着。

"多亏陪同你，否则我还真是缺失了一份雨中在目黑川赏樱的体验呢，尽管多次在这里看过樱花。"

如果说前往位于东京都民住宅区的目黑川赏樱是老到的选择，那么去九段下的皇居附近的千鸟渊赏樱也不失为贤明的选项。夜幕彩灯下，在碧波粼粼的护城河中轻舟荡漾，那斜出下垂在水面上摇曳生姿、万般风情的夜樱，曾让我忘了摇动手中的划桨，尽管是二十多年前的荡桨湖中幽赏夜樱，现在想起恍然如昨。学生时代与稻门会的校友、工作后与事务所的同僚在代代木公园和上野公园席地而坐的花见聚会，在樱花遮天中的开怀畅饮的那份旷达豪迈……恍如昨日，却似经年。

望着"中日樱花园"的纪念石碑，在日本的那一次次独特的赏樱体验历历浮现。十多年来在沪留日学子出资出力、和衷共济，携手上海日本商工俱乐部在市委统战部的支持下，勠力同心在鲁迅公园打造了一片樱花园的植树情景历历可数、难以忘怀。

植下樱树苗，长成樱花林，绽放中日花，笑迎四方客。这是留日学子年年植树赏樱活动至今不渝的初衷。这一片片与日本友人共同种下的象征中日友好的樱花树，在中日两国各界友好人士的精心呵护下，年年开出烂漫樱红。

留日学人是中日友好交流不可替代的桥梁和纽带，当年鲁迅与藤野严九郎教授的师生情谊令人动容。在中日邦交正常化 50 周年的壬寅，讲好

中国故事，编织两国人文纽带，夯实民间公共外交的基石，我等留日学人永立潮头、舍我其谁。忆往昔，同盟会的成立、辛亥革命、新文化运动、五四运动，到中共创立、新中国成立，留日学人在我中华每一个历史关头从未迟到、更无缺位。相信鲁迅公园樱花丛中的"中日樱花园"的纪念石碑上，"上海 SORSA 留日同学会、上海日本商工俱乐部"漂亮的红色隶书的落款永载新时代下中日民间友好的史册。

疫情无情花有情。可以想象十年后的新虹桥绿地的樱花也定能够像鲁迅公园"中日樱花园"烂漫的樱花林那样，弥漫着浓浓的中日情。

山川异域，日月同天。樱花，注定是上苍赐予华夏和扶桑的厚礼。

幸福吉祥四叶草

四叶草也被称为幸运草。上世纪 70 年代，琼瑶小说风靡大陆，中学时我还看过她的小说《幸运草》，讲的是一个八岁的小女孩遇到了一位送她幸运草的男孩的故事。

很早就知道了四叶草，知道它寓意着幸运。每一片叶子都有着美好的寓意，真爱、健康、名誉和财富，如果生命中拥有了它，那就是幸运了。

多年生草本植物的四叶草，学名苜蓿草，它的茎像萱麻丝搓成的鞋绳一样细长，每隔十厘米左右长一节，每一节上都会长出长长的叶柄，叶柄的顶端长出四片嫩绿的两两对称的叶子，由此得名四叶草。对光敏感的四叶草，擅长在禾丛的行距间迂回寻觅生机，只要能见到一丝的阳光就会就地扎根分叉顽强地向周边延伸。夕阳西下，四片叶子就会缓缓地闭合起来，养精蓄锐，等待翌日的晨曦初露，以饱满的精神、昂扬的姿态，舒枝展叶拥抱新的一天。

四叶草一般只有三片叶子，有趣而又特别的是，十万株的苜蓿草中，你可能只会发现一株四叶草，十万分之一的概率，我们周边生长

着成千上万的苜蓿葶，但是或许你花上十年的时间，甚至一辈子的时间也未必能够找到一株四叶草的苜蓿草，因为珍稀，它就被称为幸运草，象征着幸运。

中国进口博览会的场馆有一个特别好听的名字——"四叶草"，情迷草木的我也就更加关注进博会了。

开放、合作、互利、共赢，走向和美的世界。场馆的设计融入了中国的传统文化，秉承了"中正致和"的理念，展现进博会展馆综合体的和美吉祥的形象，而商业中心恰好是四叶草之蕊，商机财富之源的幸运之处。一年一度的进博会，场馆以心状叶片的四叶草命名意义深远，颇具嚼味。

"四叶草"寓意着幸运，我是幸运的。

首届进博会，魔都数万名律师中甄选出的 24 名律师驻场进博会提供法律志愿服务，作为执业时间最长、最年长的我，有机会参与并投入其中，这是我的幸运。年年金秋的进博盛会，无论是秋阳秋绵中走进"四叶草"，还是秋风秋雨中走进"四叶草"，"四叶草"内日行三万步，高频次地走近各国的展位，零距离地将中国的营商环境、知识产权的保护等告知展商，偶遇曾服务过的或正服务着的日企负责人，邂逅了 JETRO 上海事务所的所长……

能够在"四叶草"中，零距离地讲好中国故事、讲好上海故事，我是幸运的。

幸运草的名字据说来自拿破仑，一次他带兵经过草原，发现一株四片叶子的苜蓿草，觉得好奇，俯身摘下时，刚好避过向他射来的子弹，由此逃过一劫。广为流传的这一故事，使得人们深信四叶草会带来幸运，就称其为幸运草。人们常说，找到了四叶草就会得到幸运之神的青睐，因为人们深信四叶草是夏娃从天国伊甸园带到大地给人类幸运的美丽传说。

欧洲和北非是幸运草的出生地，之后才来到东方。中国19世纪后期开始栽培，作为玻璃包装的防护品将干燥的苜蓿草填充在箱子里，在江户时代随着荷兰玻璃器皿的输入从欧洲大陆登上了东瀛岛国。

四叶草是爱尔兰的国花，在传统的婚礼上，新娘的花束、新郎的胸花都必须含有幸运草，孩子们会以在草地上寻找到四叶草而奔走相告。每年三月纽约的圣帕特里克节，人们穿上绿色衣服，戴上四叶的苜蓿草吉祥饰物行走街头。日本人深信得到四叶草就得到了幸福，一些商家甚至直接就以四叶草为店铺的店名，有些动漫则以四叶草作背景。四叶草在国际社会中融入了人们的日常，不可忽视的存在感。幸运草的故事在世界上广为相传，以幸运草制作的产品，在欧美东南亚盛行，日本韩国更是以四叶草饰品作为赠送亲友的完美无缺的祝福。

四叶草绿得可爱，绿得叶片像是刚从春雨中清洗过的一样。即便冬季叶干枯萎，来春依然葱绿，依然活力四射生命不止，充满着希望充满着生机。四叶草也开花，为聚伞花序，顶生和叶生，密集或疏散，花色为黄色绿色，花朵很小，有短花梗，绿意盎然生机勃勃。

在剑桥大学植物园，春天里见到四叶草的绿色的生机，冬季里见到它的枯萎，次年春天又见它那勃勃的生机。四叶草的顽强韧性，人不一定能学得会，所以我更敬重四叶草，它从不打扮，所有的草绿草枯都是本色，我们亲近大自然不就是为了亲近本色？所以我喜欢靠近它。我们看到百年老树时仰视、看到漫天油菜花时惊叹，四叶草却是不声不响，不伪不装，活成它们本来的模样，春来草绿，冬至草枯，我赏识它的坚韧顽强，也喜欢它的自然天成，大美不言。

曾和爱儿在鸟虫屋的千百卉园里寻找苜蓿草中的四叶草，看着孩子在前庭后院阶边石旁专注地寻寻觅觅，又寻而

不得，纵然有失望，却依然抱着希望去寻找，纵然知道有些美丽的传说系子虚乌有，但潜意识里还是对吉祥幸运抱有向往。我们在心里种下一个梦，并为之努力追梦，在圆梦中的追梦过程本身就很美好。

　　一年春回繁花正好。

　　"四叶草"进入樱花季，进宝把我引入"四叶草"踏青赏春色，百卉千草、万花芳华的季节，春日限定的四叶草，像是加了一层滤色镜，格外地明澈清透。

　　疫情持续笼罩，阻挡了春游和踏青的脚步，却阻挡不了我们拥抱春天的冲动，跟着进博会吉祥物进宝网上游春赏花，只见春雨过后的几片花瓣散落在蜿蜒的樱花栈道上，好像闻到了空气中弥漫着泥土的清香。上海市花白玉兰，一朵朵洁白如雪高贵恬静，看到了它破寒迎春的坚韧，相比白玉兰，紫玉兰多了一丝明艳，和背后的四叶草展馆交相辉映，一派大好春色。

　　跟着进宝飞越"四叶草"，南广场的植物景观围绕云山—花海—河流—城市花园四个空间脉络延伸，角堇、百日草、孔雀草、一串红、向日葵以及水生植物38万盆，由南向北覆盖1万多平方米，全景展示了中华大地锦绣缤纷的自然之美。

　　"四叶草"南广场的46315平方米，共有上木30种，下木37种，樱花栈道、银杏大道、桂花林、红梅林等多种美景。花期的不同，"四叶草"在不同的季节展示了不同的风景，各具风味，自成景象。

　　随着进宝又来到广场斜坡上，CIIE和2022字样、四层梯田花海、迷宫花园等多个竹透花园用橙色孔雀草、金叶佛甲草、角堇各色花卉植物演绎祥云、渐变云山的纹样效果，而寓意进博会五周年，喜迎四方来客而新设的数字"5"，由彩叶草配合亚克力材料组合打造而成。

秋天是银杏最美的季节，也是进博会一年一度举办的季节，近悦远来，"四叶草"敞开大门，拥抱世界各地五洲四海的亲朋好友，将幸云传递四面八方。

相聚在今秋，相聚在金秋。四叶草我们秋天见。

至今莲蕊有香尘

每每六月入伏初日，茶约二位长者寒室一聚。

茶事中何花以侍？

夏菊、兰草、莲花、百合、桔梗、茉莉、嘉兰、紫薇……在暑日的夏花中寻思，浓不胜淡。在夏菊和莲花中举棋徘徊后，择定轻香清凉、悠然幽卓且必生正果的莲花，高洁淡净别样红，与二位茶客的学养教养和修为最为契合。

在中国传统文化中，佛教常以莲花代表佛法，而莲因其内在和外观的特性又被历代文人赋予"君子"形象。在印度文化中莲花则被赋予更神圣的象征，据说摩耶夫人产下释迦时，天际纷纷扬扬飘落下五彩的莲花瓣，在极乐世界的莲池中莲花朵朵盛开，莲是人间而又非似人间的圣花，肩负将世人引渡天堂的重任。释迦拈花，迦叶微笑，佛祖手执优钵罗花，而优钵罗花也就是我们中国的莲花，莲花莲叶也是佛陀意象。

在日本花道的历史传承中，莲更是一种与佛教紧密相连的、有特殊意义的存在，寓意着过去、现在和未来，即前世、现世和来世。平安时代的佛门高僧空也上人曾经咒念：今生咏唱一回南无阿弥陀佛，

往生乘坐佛陀的莲花之上。

茶圣陆羽的《茶经》随遣唐使传入扶桑国，在日本茶人的世界里无人不晓，对其所载的内容也耳熟能详。日本在引入吸收中国的茶技艺、茶文化的基础上改良并植入更多精神内涵而形成日本茶道，这是一门融美学、

宗教与哲学为一体的综合艺术。刻意在简朴的外表下深藏高贵，具有一定水准的茶室，比富丽堂皇的宝殿还要所费不赀，极为周延细心与精准严谨。在综合的文化艺术体系的日本茶道中，茶人对花的崇信敬仰、对花的膜拜是他们茶道世界里唯美仪式中不可或缺的一部分，和茶事中的书画挂轴一样，从属于整体架构的主要一环，其规矩方正法度森严，若是茶室外的庭院白雪皑皑，室内的茶花就不能以白梅为饰等诸如此类。简素的文化体质、侘寂的人文精神，使得太过嘈杂喧嚣的花类被摒弃在清敬和寂的茶室之外。茶人的茶花，一旦移离原定方位，更替原定客体，就会失去原本的审美价值，因为它几近刻意的线条比例。严选的幽野花材是在满足节气、茶客及整体环境相融前提下产生了视觉美感。

对于茶，有人想到的是植物，有人想到的是饮品，也有人想到的是艺术。从清澈的水到碧绿的茶汤，融入了陆羽在《茶经》里飘逸的那缕茶之味，也悟出了其中的禅意和艺术。

　　花道茶道书道，道无道无常道，大和民族
的血液里流淌着宗教般的无常感，对万物的物
哀，打发自然与心灵相通的独特文学体裁的俳
句，就有集佛教道教禅宗于一体的武士道精神。
今日茶事，择川端康成的"风景常新"挂轴，
工整地排列成田字形的风景常新四个字，却又
透露出些许的灵动，也许这无法言喻的矛盾映
射了这位日本首位诺贝尔文学奖获得者，是小
说家也是收藏家、佛学家内心的纠结，与今日
出晋入汉自淡雅的二位茶客性相近，境况亦相
似。

　　茶道的本质无限地接近艺术，但茶道不是
艺术，茶道的本质无限地接近宗教，但茶道不
是宗教，也同样不是演艺，也不能称之为道德。
茶道的特殊本质就在于它囊括了上述所有的性

格特点。茶道里有思想、文学、宗教、艺术、书法绘画、建筑造园、服饰饮食、植物文化等等，离开了茶道具，就不会有茶道，而那些茶道具在茶人手中又体现了其在茶道中存在的价值，茶就像庭院、插花、陶器等，只是通往"道"的工具，到岸弃筏，最终完成的是生命境界。在茶人的认识

世界里心和身体同等重要，人既要由心认识的世界，也要有身体感知的世界，还要以此为前提的修行。茶道就是通过"修行"来求"心"之道，是一种对"残缺"的崇拜，是在我们都明白不可能完美的生命中，为了成就某种可能的完美，所进行的温柔试探。

只有全身心地投入茶道花道书道，方能游弋在那自由三
昧的综合美学的天地里。日本茶道鼻祖千利休，在茶道的要
则中苛求茶花的"如花在野"，不仅仅是形式上要把花侍弄
妥帖，如同在自然幽野中感悟的禅意禅趣那般，更是要用心
去侍插，只有用心莳花方能扣人心弦，使主客间心领神会，
无论茶心还是花心，只要能够体察到这一点，身心就能够投
奔自然原野、拥抱人间唯美。

时间每一分、每一秒都在变化着，这一秒的你跟下一秒
的你也都是不尽相同。一期一会，是茶道精神，一期即为一
生一世，一会则意味着仅有一次的相会，即便主客曾多次相
见，但也许再无相见之时，会者定离。在一方茶席，共饮一
盏茶，为此作为茶主，殚思竭虑悉心待客，人世间的每一个
瞬间都不能重复，每一个瞬间机缘都不会再有。一期一会它
从不强调改变你们相逢或相离的轨迹，审慎就好，恭敬就好，
珍惜就好。

莲花，清涟淡雅而晕红，圣仙般的洁净无尘，人神皆爱，
异于先开花后结果的群芳，莲花则是在开花时花果已相连，
预见正果。

伏夏，茶室莳以莲，茶客暑消凉生，安然闲适，无念无
执而心静如莲。

只有灵魂相似的人才能看到彼此潜藏的内在。一位中华

古文字学泰斗、一位秦砖汉瓦金石大家，一位族亲、一位忘年之交的二位尊者，彼此欣赏却从未谋面，在伏天的一个周日午后，在高洁淡净别样红的茶花中，品一盏纯粹，品一盏从容，品一盏慈悲，相聊甚欢相见恨晚。

得半日闲适，抵十年尘梦，岁月清欢真好，至今莲蕊有香尘。

落叶如蝶为谁舞

时光流转，自春而秋，自秋徂冬。临近年末诸事繁杂，案牍劳形倍感身心疲惫视力不济。远目窗外，不风不雨正晴和，起身外出散策。

没去常去的镶嵌在陆家嘴摩天楼宇间的中心绿地，尽管那里会给你一份远离都市喧嚣的宁静，满眼翠绿和现代感的雕塑小品也会给"熬最深的夜、敷最贵的膜"的重压一族的你带来蓝天下的舒缓，去了离事务所百米之遥的滨江林荫步道。在那里可以更好地感受当下时令的植物色调。

独自在林间偷闲，午后的暖阳透过希疏的枝叶斑驳地散落在我的脸上，那样的温馨，就像祖母温润的手爱抚在我儿时的脸上那样。漫步在曲径中，但见梧桐澄褐、枫叶血染、银杏金黄、乌桕斑斓叶红、海棠花萎无痕……林有嘉卉，树叶由绿变黄、由黄转红、主红渐褐。浓烈的色块简直让你怀疑是否上帝在这里打翻了手中的调色板。这是四季中色彩最为丰富的季节，是一个成熟收获的季节，也是一个生命更新替代的季节。

从东昌路渡口的南北滨江大道溜达后折回，沿着临江而建的国开发行、工商行等七栋时尚钢构别墅内侧的桐林小道继而慢行。阳光疏杂、微风渐起，

只见梧桐落叶盖地，车道步道草丛中以及瓜子黄杨护篱上满街尽是梧桐叶，走在梧桐树下，踩着沙沙作响的桐叶，宛如踩在莽莽欧风卷亚雨的浦西老法租界的街角，又似踩在北欧的哥本哈根的街巷。踩在满地沙沙作响的斑驳的桐叶上，踩出了满地的韵律步奏，也踩出了满地的前尘旧梦。

　　叶脉是整片叶子的骨架，口间最粗的支撑整片叶子的是主脉，沿着主脉发散状蔓延的是支脉。踩着叶片，想着叶子的世界里，叶脉如同政治体制、法律框架和交通网络，没有这些框架性的结构，一片叶子无法成形，将不成为叶子。

三十年前伫立外滩放眼浦东，举目遍是阡陌纵横的郊野，满地桐叶的脚下则是当年的地无三尺平、踣无一丈宽的草塘泥弄烂泥渡路。"宁要浦西一张床，不要浦东一套房"是当年老上海人的执守。仓桑巨变、腾飞跨越，曾几何时，摩楼拔地崛起，陆家嘴是浦东的一个缩影，更是上海全新的地标。

春去秋来，浦东的梧桐经过日月风霜的洗礼已是亭亭华盖。也许宽敞径直的世纪大道两侧绿植的设计采用了法国公司的方案，每每行驶其道，屡屡会让司机放缓车速，频频地将头伸出车窗外贪婪地欣赏那两侧多姿的梧桐行道树，宛如行驶在巴黎香榭丽舍的梧桐大道，盛夏浓荫匝地，寒冬枯叶凋零，日光月影下枝叶清朗绰约，簇生的枝叶更是华净雅妍，叶柄支撑着掌形五裂的扁平叶子，曼长的叶柄柔情地垂曳而下。叶子和整体植物沟通需要叶柄，叶中的世界，是一个适度满足开放的世界，亦也是叶中世界的平衡。望着清幽的道路两旁风仪玉立的梧桐，飘逸着浪漫，似乎在诉说着什么，又好像什么也没说。

想起了扬州八怪之首的才子金农的一幅取名"高桐玉立"的画作，"玉立"二字将梧桐的姿态情态刻画得很入木，感铭金冬心的才情雅趣，也感铭他的格物致知。

也想起俳句圣人松尾芭蕉在狂风暴雨后的次日晨，深川芭蕉庵的破碎的芭蕉叶，庵内狼藉不堪凄惨一片，诵吟他敬仰的和歌诗人西行的"芭蕉已碎，人生几何"。

梧桐深处最上海。上海的原住民情迷梧桐，认为只有头顶梧桐的地方才是真正的上海。而上海的法桐不似南京古木参天的大梧桐那样古朴肃穆，上海的法梧，苍劲中伴随几多的婀娜，斑驳中诉说着年轮，春夏亭亭如盖，庇荫思绪，那些思绪瞬间被治愈，也许这就是魔都最风情的样子。

萧萧高桐枝，翩翩栖凤凰。在时尚的钢构别墅南北陆家嘴临江而建的最为金贵的那一带公寓，看一看那一带魔都新

贵生活标本，没有家长里短，有的是对个人隐私的尊重，少了吴侬软语的上海方言，多了标准国语外国语。把来自不同地域、不同文化背景的新移民融化其间，让生活在这大隐隐于市的临江而居的新贵都对自己产生一种不可抗拒的魔力感并产生城市认同。如果说外滩保留着近代上海的印记，那么陆家嘴则是现代上海脱胎换骨的标志。海纳百川追求卓越，独具标格的营商环境、全球总部经济的落地……引无数英才竞折腰。

梧桐丛中的一隅之地有贵气、有文艺、有情怀，还有金贵的慢时光。

凤凰非梧桐不栖、非竹实不食。

江南秋冬飞霜的时节，木叶摇落。西风有些紧了，天空也斜雨飘起了，风雨中倍感寒凉。从梧桐落叶的街巷小碎步地往办公室回。桐叶尚未零落殆尽，雨点落在残存的枯叶上滴答作响。梧桐树、黄昏雨，不道离情正苦，一叶叶、一声声，不是夜间却有"空阶滴到明"的空灵声响。残存的枯叶承载的淋漓的雨水跌入在黄昏的地上。去了同楼网红打卡地的朵云书院，新版的图文并茂的《梧桐深处》一书，图片除了梧桐深处的老洋房，还有92片、片片不同的梧桐叶，而每一片都深藏着一个未尽的耐人寻味的故事。书价不菲但值得拥有，却被告知该书售罄，魔都人爱梧桐，此话不假。

凤凰鸣矣，于彼高冈；梧桐生矣，于彼朝阳……

走过很多地方，有些北方能被记住，也许就是一片凋零的叶，这些都在风景之外永存，永存在我人生的四季里。有过见叶落泪盈于睫，人于自然的依托滋养，是我心底最美的风景。

夏凉冬暖秋天色

　　在立体植物成为寻常事之前，还没有一种植物能像爬山虎那样不占地面空间，贴着墙面向上攀援生长。

　　爬山虎也称钳壁藤，我以为谓之"爬山虎"形象生动，更为本真。夏凉冬暖秋天色，一年四季演绎了它的与众不同。春天发出新芽新枝，芽叶是嫩嫩红红的，没过几天就色变了，转成嫩嫩绿绿生机勃勃的叶片了。叶片叶卷叶舒，就像时光的荏苒，每天在墙面上爬行一大截。叶子向下顺垂，均匀地悬盖在墙面上，竟没有一片是重叠的。

　　爬山虎是植物中的勇者，刚毅执着。为了生存，辟一方天地，占一席凉荫，只要有依附就一个劲地蔓生，紧贴墙面恣意地向上攀长，一片墙面绿蔓的铺就仅需两周的时间。

　　爬藤的蔓蔓植物各有各的爬法。朝颜，也就是牵牛花是把自己的茎缠绕在竹竿上往上爬行，葡萄则是在藤蔓的节蔓生出有分叉的卷须，它触碰到细细的棍状物就会拥抱和缠绕，葡萄藤就是这样缠爬到葡萄架上。但是这两种植物碰到墙面就束手无策，没法爬墙了。而爬山虎却是爬墙好手。它和葡萄一样，也是在藤蔓的节间生出有分叉的触须，在分叉的末端有一个小圆点，据说这小圆点一碰到墙就会分泌出碳酸钙，

同时变扁变大，它自己与墙壁粘附起来，爬山虎的藤就这样妥妥地贴附在墙上了。据说这种触须就是爬山虎的"虎"的由来。

晚清湘绮老人说："牵牛花者，蔓生蒙茏，不任盆盎之玩。待晓露而花，见朝日而蔫，虽无终朝之荣，而有连月之华。"川濑敏郎《四季花传书》中说七月朝颜时讲到不少藤蔓的护养。自千利休起，茶道中用朝颜作茶花，剪花时间应该"宵切"，也就是在莳花的前一夜，将第二天清晨会开花的花蕾连同叶蔓一起剪下来，在补水处理后深水养护，放置户外避风处等待清晨的花开，再把开了花的朝颜挪移到花器中，因为理顺藤蔓时，脆弱的花瓣容易受损，而宵切处理后的藤蔓，弯曲的藤蔓姿态得到修正，向上伸引花姿更美。对藤蔓表情的关注，对寒舍墙面上的爬山虎的藤蔓姿态更为关注。

我们敬畏爬山虎，把它视为倔强向上的精神图腾，它植地贴墙而生，栉风沐雨，为高度奋斗不止。夏天，爬山虎的叶子变得硬朗厚实而深绿，宅院整面墙上都覆上巴掌大的浓绿叶片，薰风拂过，绿浪微漾，细小的藤蔓从三楼的书斋垂挂到二楼的寝室，二楼的卧房垂挂到一楼的厅堂，倍感酷暑中的清凉，从屋内向外窥视犹如置身于洞窟。爱儿刚上幼儿园那会，我们去土耳其时选住了洞窟旅店，可爱的孩子竟然说很像我们的家，小孩是很直观的，也是很富有想象力的。

　　秋凉，后院北墙上红彤彤的爬山虎，给人以惊艳的感动，红亮的光泽，即使入秋，依然舞出生命的最亮色，餐风宿露所积淀的精粹英华，令它有了不同于春夏冬的血染风采。深秋阳光次第稀薄，清晨雾气四张，露水湿重，爬山虎的叶子染成深红，那种熟稔老辣的褐红色，这份老辣的色彩由绿转黄，再变橙黄、鲜红、深红，最后成为褐红。

　　有朝一日虎归山，定是血染半边天。晴朗的午后推开窗轩和门扉，入目的是蓝色的天空和白色的祥云。秋天是一个多情的季节，红叶是让人多情的元素。秋风紧寒意浓，院内蓓尽菊残，就数这红叶风光最美，这秋色够醇。

　　深秋过后藤叶枯黄，入冬爬山虎叶子落尽，剩下不规则几何形的藤蔓。冬墙，四季中我最喜欢的墙。淡紫色的墙面，爬着叶片凋零的藤蔓，一条虬劲蜿蜒的主干，和从主干生发出来的几条扭扭曲曲的扇形分枝，两侧的小虎

爪，在墙上留下不规整但又遵循着某种内在逻辑的天然线条，这是天赋之作。

　　春夏那一墙绿色森林般的爬山虎，让人想到的是"孤蓬自振、惊沙坐飞""飞鸟出林、惊蛇入草"，只是动态过后没有痕迹留下。素日时有临池，略晓墨趣，书写要有动态，留下动态后的灵动痕迹。坼壁之路、屋漏之痕，这种力透纸背的留痕只能见之于冬日的爬山虎墙垣了。

　　看着冬日暖阳中的墙面上斑斑驳驳枝枝条条的藤蔓，酷似古时文人在书写上谋求甚至刻意追求的"屋漏痕""折钗股"，钗质坚而韧，形容转折的线条，虽弯曲盘绕而其笔至依然浑圆饱满的自然波动，像从天际铺下的一张宣纸的墙面上，挥毫成定的蛇走龙舞的天然大写意的翰墨天作，那样的柔和醇厚、那样的岁月沧桑。

　　坐躺在宅院里孵太阳，仰旦着爬满无叶藤蔓的冬墙，就像在读帖，好像读到了巨擘吴昌硕石鼓文的食金石力、养草木心，好像读到了师父丁申阳戴着镣铐跳舞的狂草，又好像读到了日本平安时代的假名书体。

汉末魏晋时对书法的理念，就是书法美的客观标准，就是自然。晋卫恒的《书势》中引用蔡邕的《篆书势》、崔瑗的《草书势》，其实两文基本雷同，大量的比拟诸如黍樱、龙蛇、鸿鹄……篆书和草书的外在形象大相径庭，但从文章中却看不出有多大的不一样，"若形若飞，远而望之，若鸿鹄群游，络绎迁廷"似乎在描写草书飞舞的笔势，至于"或轻笔内投、微本浓末、若绝若连，似水露缘丝、凝垂下端"……这些描写书法形态美的文字，也是我们的先祖对博大精深的大自然赋予了细腻的观察和赞歌。

书法不同于绘画，不描写自然景物，但是在欣赏中，我们往往从书法线条中联想到自然世界的景观，由此我们在挥毫中，可以从自然景观联想到书法，以酝酿创作的灵感，张旭说："始见公主担夫争道，又闻鼓吹而得笔法意，观倡公孙舞剑器，得其神。"这是将对生活的沉淀反哺创作的写照。

文与可见蛇斗而草书进，雷太简闻江声而笔法进。这种源于自然的书体，远胜于故纸堆中无病呻吟、闭门造车的书法，毕恭毕敬、诚惶诚恐的科举应试专用的馆阁体。鸟虫篆、龙虎书，九曲印玺、铜隐金错，领悟到奋笔挥扫、把拳奏刀的远古创造书契的时代，回归民族文化初始形成的时代，我们的先祖用文字赋予世界以秩序，以法则的意义。每一个字都和一片云、一棵树、一墙叶，和日月山河有同样的客观性，每一个字"同自然之妙有"。

儒家将艺术美置放于自然美之上，而道家则把自然美置身于艺术美之上，因为自然美是最根本的，也是更纯粹的，艺术美应力求趋同自然美，无目的的目的性，诚如陶渊明所言"此中有真意，欲辨已忘言"。

坼壁之路、屋漏之痕，既是一种自然形成的痕迹，又如自然现象中必然性与偶然性的邂逅，这样的作品看上去好像没有作者为媒介，是自然天工而成的。

孵在冬日的暖阳中，慵懒地翻阅古人的书论，举头欣赏那攀爬在淡粉紫墙上的黑褐色的藤蔓，心生欢喜。我要感谢你，冬墙，感谢你给了我这一份欢喜，在读帖中欣赏，在欣赏中读帖。

赏花赏叶——一叶莲

一叶莲，又名大马蹄香，株型饱满完整，叶片酷似马蹄，即便不是开花时节，大而靓丽呈金属感油绿的叶片使它稳坐资深的观赏叶的宝座。人们在深秋观赏到它黄色小花的姿态，更记住它一年四季从不缺席的绿叶的身影。

生长在早春，厚积在炎夏，花放在深秋，成果在寒冬。本以为是东方的植物，却在剑桥的校园喜遇它们，后被校方植物专家告知，早在1856年就有英国人从清政府的花园中引至英伦栽培。

一叶莲覆盖力强，自古就是点缀庭院的宿根草，是历史悠久的观叶植物，生命力旺盛，只要阳光不猛它就恣意生长。炎黄子孙喜欢它，日本人也喜欢它。秋末冬初可赏花，一年四季能赏叶。叶柄能食，还是一味清热解毒的良药，真是好看好吃还能入药。在日本它分布在关东和九州的沿海地区的林下、山谷和草丛中，尤其是关东的伊豆半岛、房总半岛的海滨岩石间更是多见，根茎粗壮，花葶可高达70厘米，片植形成令人震撼的景观。搭乘伊豆舞女号的高铁，透过宽敞的减速玻璃的车窗，总能看到盛开在伊豆半岛岩石间，油润的大叶片上朵朵可人的黄色小花。它是日本经典的香草，好多年前出差日本北九州，顺道去了唐津，还品尝到了叶柄煮肉的独特美食。

　　在日本无论是乡间还是都市都能感受到一叶莲的存在感。大都市里看到养护得非常漂亮的一叶莲是在东京表参道的南青山、六本木的中城和霞关的松本楼一带。我感慨一叶莲的叶片竟能把水泥森林调和得刚柔相济，惊讶一叶莲的品类是如此的琳琅多样。边缘有着细细的锯齿叶片的，黄色小花的尖端有的也有锯齿状的裂痕，有的叶片还带有斑点，有

白斑的、黄斑的，还有沙斑的，有些叶片呈皱叶，有些是卷叶，有的还有深裂的。选育育植后的叶片无论如何变异，不变的是那一抹泛着金属光泽闪耀着勃勃向上的生命力的亮绿，这是它不可动摇的主色彩，更是生命的主旋律。

日本一叶莲的种类就像日本的商品一样丰富多样，匹配着不同群体的不同嗜好。每一位都能对号入座精准地对标自己的喜好。日本文化本身的丰富性和细致生以及添一分嫌多、减一分则少的对极致之美的追求使选择成为可能。

一花一世界、一草一天地，冥冥之中似乎人世间的花草原本就潜藏着人类丰富的情感，隐喻着生命之美，所谓的天荒地老，就在一木一叶间。日本是一个崇尚自然的国度，在潜意识中人就应该在一叶莲这样的叶草环境中淡然度日，东瀛人崇尚简素之美也许源于此吧。

一叶莲亦东亦西、可古可今，中式、日式抑或西式的庭院都能协调融合，虽然生活在温暖之处，却又相当耐寒，更适合半阴地，这一点很契合大都市里面积不够宽敞、光照不够充足的现代住宅的小宅院，这又使它俘虏了多少经济独立、灵魂挺拔的当代白领的心。我也难以免俗，对它喜爱有加。

青溪园篱墙的缸钵边、鸟虫屋后院的老山樱树下，都少不了它的陪伴。

　　近几年上海人对一叶莲从相识相知晋升到了相爱。在绿水青山就是金山银山的感召下，城市绿植量增质升，前几天案头劳作身疲眼累，离开办公室去陆家嘴滨江散策，见得这一带绿植景观投注了工力物力又作了修缮，之前遮荫蔽天的高树下裸露的泥土取而代之的是油绿油绿的一叶莲。在醒目

处插着一块质地考究的说明牌，黑底白字的标牌上写着：一叶莲，菊科大吴风草属植物，又名独角莲、活血莲……喜阴。

较之以往，上每花店的植物品类多了许多，但一叶莲依然架上没有，即便是城乡接合区域的大型花市也不见其芳踪。

比起花店里贩入的花材，我更喜欢庭院里剪下的枝条叶片，或野外俯拾的花草，就像诗人使用的语言那样，相比标配的商品，它们拥有超越标准的姿态。在侍弄花草时，非标更能带来一份天马行空的率性，可以突破清规戒律不去拘泥教学规程，按照当下自我随性把玩。最高的技巧是没有技巧的，类似一叶莲这样的花材，不着痕迹地传达素之花草的自然姿态乃为要中之要。

一株不起眼无人知道的小草，通过插花能呈现出一种崇高的姿态，这使我怦然心动，随之欣喜不已。前庭后院，看到心仪的花草自觉不自觉地用花剪剪下，插入花器的水中，这样的过程不只是仅仅在意花草的外形，更是要挖掘提炼出其内在的精魂，只有此时此刻方会添加些许的匠工人为。大自然里每一片叶子都是美丽而独特的，生与死、爱与恨的历程里它圆满过，而伴随着叶片前行的人，正走在它感受人世间的旅程上。

秋风紧了，季节总在不经意间将人间换了，野外的花少之又少，而宅院一叶莲的花和叶在寂寥季节里带来一抹金黄，赶走了清冷院落里的寂寞。看着开着黄色的菊状单瓣小花，小花排列成疏朗的伞房状花序，寒凉中让人心生爱怜。而莲座状的叶子，虽属草本，但它有努力拥抱蓝天的理想，这份朗抱，赋能于人。

秋冬有淡丽的黄色小花相半，乃是一桩雅事。一转眼，一年又要过去，又经历了很多事，好的和坏的。人生兄味，颇堪咀嚼。很多感慨又一时语塞，也只能付之一笑。唯这眼前的小花，最真实、最可贵。

时间本身带有一种无情，住超越时间，世间万物都彼此奇妙地呼应着。宅院里的一叶莲，平淡的日子生治愈了平凡的我。

不知有花红豆杉

原本深藏不露、有着 160 年树龄的华东地区最大悬铃木，在中山公园围墙拆除后，这棵梧桐老树愈发光彩照人。拜见了这棵有着美丽故事、从小就喜欢去看的梧桐老树的全貌后，心里美滋滋的，双手捧着祝贺恩师的野兽派高品质鲜花一路欢快早早地到了梧桐老树斜对面的圣约翰交谊楼，盛大的出版仪式结束后，婉辞晚宴奔向市西方向的十三姐妹裹的小木屋。

黄花有佳色，菊残犹有傲霜枝。在一路菊花丛中踏入了小木屋，姐妹们已里里外外闹腾了三个多小时了。秋菊前银杏下美照拍了一大摞，休闲零食，各类水果，皮皮壳壳一大堆。被昵称裘四大小姐的我，一番力证迟到缘由，从大姐到小妹一一赔不是求见谅后。趁着黄昏夜幕未降，开溜到屋外去看望那一片已整整一年未曾照面的与松柏同类植物的红豆杉，一年未见，它们的高低胸围似乎没有任何的变化。

古老的植物红豆杉据说早在第三纪已出现，生长十分缓慢，再生能力颇弱，现存数量和品类极其有限，堪称植物王国里的活化石，因珍稀濒危，金贵得如同大熊猫。红豆杉在日本称其为神木，各个神宫中例行法事时，道士手中举擎的那块木牌一定是裈木红豆杉制成的。日本对花木品位的排名，红

豆杉在十二序列中冠以首位中的正一位。也就是 3AAA 级，无上的崇高，红豆杉日语的发音为"ICHII"，也就是汉字"一位"的发音。中国古代君臣朝见时，臣子手持的记事笏板不是象牙的就是红豆杉木的，在剑桥大学植物园里我还看到有一个风景园植有一片红豆杉。

　　也许是雨后的洗礼，尘埃还没来得及爬上红豆绿叶，150 多棵近 50 年树龄的杉中珍品红豆杉，棵棵叶碧翠豆亮红，它们高耸挺拔气宇轩昂，独树一帜的身躯释放着对大自然的无限深情和人类的无私奉献。只见主干斜伸出许多遒劲的亚枝，仿佛千手观音将密密的枝叶撑开，透过枝叶的缝

隙把斑驳的光线洒落在地。眼前的红豆杉，虽然高低大小与去年看到的几无变化，但它们的精气神比一年前看到的更饱满更抖擞。眼前红红的豆子却是从青青的豆子一天天地变着颜色，最后凝成亮红，初始就以柠檬色彩的无穷魅力摄住女人的心魂。

粒粒红豆，晶莹剔透，红豆杉美丽得让人心醉。

黄昏过后夜幕低垂了，红豆杉依然美丽在街灯下，我回到红豆杉身后的茶房和姐妹们把盏品茗，茶过三巡，但闻十三妹对着爱女高呼：笔墨侍候！乖巧的女儿手脚麻利地备齐了文房，十三妹神秘兮兮地拿出一幅齐云所画的黄花扇面，从大姐开始，在扇面的背面从右到左请诸姐妹依次签署芳名。今日姐妹聚还有此等"笔会"，虽有不料，可也不能藏拙，便提笔悬腕亦楷亦行地留下了"裘索"二字。之后扭伤小腿的六姐步履艰难地移向墨池，十三妹提醒她给今天没能到的五姐留白空行，轮到九妹时她颤巍巍地写下后惊呼：

"哎呀，我都从没有用毛笔写过字，紧张得连自己的名字都写错了。"

出彩的当数满腹才情的十一妹，只见她潇洒熟稔地用行书漂亮地落下了她的芳名。是茶房也是书斋中的一拨六十年代生人，挥毫留下的涂鸦是拙劣还是隽秀压根不重要，重要的是飘荡的朗朗笑声。十三妹女儿的女儿，一朵小学一年级的机灵小花看着我们一拨初老的大妈们的满怀豪情，手里提拿着与这朵小花有着强烈反差的专业卡机，抓留不住朗朗的笑声，也要锁定发出朗朗笑声时的瞬间而永恒的影像。排行最小的十三妹捷足先登妥妥地坐上了祖辈的宝座，羡慕煞了为更好地站稳事业的脚跟而滞后了生育，还在为儿女学费辛苦劳作的其他姐妹们。

"笔会"告一段落，姐妹花们移步小木屋共享晚餐。人都会有遗憾，我也不例外，不会推杯换盏把酒言欢此乃人生一大遗憾。但是每每来到这间温馨可人的小木屋，酒不沾唇的我都会对着十三妹吆喝：红豆美酒侍候！

醉翁之意不在酒，在于山水也。四姐乞酒不在酒，在于红豆也。

拇指和食指间捏着的那小巧玲珑的玻璃高脚小杯，凝视着小小酒盅里红豆酿成的琼浆玉液，想起了远古时红豆传奇的故事。

在很久很久的从前，有位妇女日夜思念着出征边塞的丈夫，期盼夫君能早日平安归来，遥目远方，依树而泣，泪水流干后流出来的竟然是血滴，血滴化为红豆，红豆生根发芽长成大树结了一树的红豆。人们又称红豆为相思豆，日复一日、年复一年，大树的果实伴随着对夫君的思念，渐渐地变成了世界上最美最透红的心状相思豆。

滴滴血泪，凝成红豆，红豆杉的故事凄美得让人心碎。

美丽凄婉的传说让人们对红豆怀有一种特殊的情怀，深信人世间唯有此物最相思。

小木屋里的大圆台上热闹着，除了五姐因赛事无法拨冗外全部齐刷刷地到位，12朵姐妹花妥妥地围坐一圆桌。十三妹尽屋主之谊，为姐妹们用心准备了家常而绝不家常的"夕餐秋菊之落英"文化家宴，暖暖的居家氛围、妥妥的美味佳肴，花儿朵朵，围桌团乐。

我脸皮厚厚索要了红豆美酒后，十三妹便接上了红豆杉养颜养生的话茬，"上世纪美国科学家在红豆杉的树皮中发现了紫杉醇具有独特的抗癌机理，后来紫杉醇通过了美国 FDA 的批准，成为治疗晚期卵巢癌药物，使得原本稀少的红豆杉遭到大量采伐……"姐妹们一听养颜养生，纷纷地索要起了红豆美酒。

闻君有美酒，与我正相宜。岂唯消旧病，且要引新诗。姐妹们在各自的领域独占鳌头，却没有一个是诗人，便玩起了接地气的金句：

六姐运动房里扭伤了小腿，却还是撑着双拐来到小木屋，出得不凡金句："只要还有一口气，爬也要爬来姐妹聚。"

十三妹跟进说："工作可以退休，姐妹情不会退休，哪怕百岁我们也要姐妹聚。"

十一妹喊出："姐妹学堂我永远不毕业。"

九妹附加说："永远不毕业，做姐妹学堂永远的留级生。"

左牵六朵、右擎六朵，且姐且妹妥妥 C 位的中间花落地有声地喊出："我要声明永远做一个姐妹学堂里的快乐的留级生。"

二姐则字正腔圆地缓缓地播出："不管钉子户还是留级生，不离不弃不散伙。"

　　我则套用村上春树的话与姐妹们共享:"不负光阴就是最好的努力,而努力就是最好的自己。"

　　金句是经典和思想的塑造,浮躁年代的深潜者。姐妹花每一朵都迸发着独特的思想火花。翻开花儿们的花历,不失为一册厚重内敛华彩的精装本,每一页上的每一片花瓣里都能品读出花瓣下的耕耘和浇灌,花瓣后的汗水和泪水。片片花瓣告诉你,储藏生命过往能量的花朵,是如何在风吹雨打中绽放为铿锵玫瑰的。片片花瓣还会告诉你女人花不失为一首沧桑而完美的经典老歌,岁月的红尘锁不住她们自带的美丽。

　　红豆美酒发酵了,把光阴氤氲成琥珀中的姐妹们嗓门越来越激越,话题也越来越贴切自我了。

　　"我们生长在最好的时代,也是生长在最坏的时代。都说六十年代生人,是孝顺父母的最后一代,是被儿女抛弃的第一代。"

　　"家庭的概念就是烦恼和责任。烦恼是存在的内容,责任是忍耐的哲学,而这个时候孩子是最好的寄托。"

　　"蹚过浪漫,走过情怀,拥抱家庭。真诚的爱情不能让我们否认,蜡烛熄灭了,蜡烛确实辉煌过黑暗里的光明。"

　　"孩子的父亲访学或出长差去了,一年或数月不见,那份独有一种超脱的轻松感受，呵呵……"

"家庭是房子的围墙，一旦没了围墙，家庭又变成了没有窗子的房子。"

……

不是金句却超越金句，半醉半醒中吐露着心声。就这么喝着聊着，谁也不知道说了多少话，谁也不记得谁说了些什么话，就是感到舒心开怀。

红豆美酒持续发酵着，只听得十三妹高喊唱歌喽，姐妹们炸开了锅，贵妃醉酒、穆桂英挂帅、苏三起解、玉堂春……京剧青衣名曲报了一大堆，最后三姐拍板说我们来一段京歌《梨花颂》吧。话音刚落，二姐、九妹、十妹、十一妹、十三妹还有我，不邀自请边哼边离座，站到放了圆餐桌后几乎没有宽绰空间的小木屋一隅。来源于《长恨歌》的《梨花颂》作为《大唐贵妃》的主题曲，旋律优美、曲调委婉，蕴含着丰富的历史文化特色，有着红豆美酒的加持，一曲《梨花颂》，唱得酣然淋漓，什么调式转换、西皮二黄腔二黄四平调、腔随字走字领腔行全都抛脑后，姐妹们各腔各调随心所欲，反正半醉半醒半智半愚中，唱得是否有腔有调、好与不好，就像喝茶时的写字那样，好与不好不是那么重要，心若年轻，岁月不老，开心万岁！

曲毕，三姐提议，下次姐妹聚《梨花颂》要载歌载舞歌舞并举，还没到下次聚，回座时就载歌载舞地回到了圆桌，用手抓撕烤全羊大口地咀嚼了起来。植物界的梨花真是做到了本真出世，没有一丁点的脂粉，不似桃花杏花以花旦的装扮鲜亮登场，梨花是青衣，她不施粉黛，一身自如的自我，唱着《梨花颂》的姐妹们也一如梨花那样本色出场。

曲终人散，离开小木屋挥别众姐妹，回家路上不由想起了日本的女子会。

二十年前日本坊间流行女子会，究其来源说是餐饮业为吸引客人而打造的"女子会"的菜谱，后来这个词就火了起来，社会上女子会也因此盛行了起来。曾在东京的地铁车厢的杂志广告上看到醒目的《女子会走向衰败》的标题，我好奇，到站离开车厢后去地铁报刊亭买了一本杂志，得知走向衰败其原因之一是女子会的成员撒狗粮吹嘘自己的老公，自夸孩子乃引起嫉妒，原因之二为说搬弄是非说人坏话露馅，原因之三……既然是流行就会有盛衰。

日本女子之间餐后各自埋单互不拖欠，楚河汉界一清二楚。国人不习惯，AA 制那一刻心中就冰凉。当下中国的都市女子之间也流行 AA 制，但也局限于这次你请下次我付的范围。女人的情谊往往很脆弱，互换秘密后，共有彼此的秘密，有同盟者的立场，但凡以此为原点支撑的一般难以行稳走远。心理学不发达心理医生不普及的东方国家社会环境里，女子会里倾诉与被倾诉甚为疗愈，而女人间的情谊真正能够马拉松长跑的，那一定是彼此价值观的认同，无私与欣赏、追随与成全层面的铭记，唯其如此方能同好长远，而这样的义结金兰一定是小众的，不需要莺莺燕燕一堆人，女子会一般也就初始热闹最终寂寥。

中国女人人到中年，流行歌曲似乎已是另外一个世界的事情了。在娱乐场所很少看到这个群体的身影，没闲暇是原因，但即使有时间，哪怕知天命之年享受阳光政策后，也很少有人去娱乐尽兴。对于自我享乐，六十年代生人内心还是有抵触的，因为她们历来是要顶半边天的，闲下来便有失落感，甚至还有些许的罪恶感。

　　夜深人静微醉抵家，看到群里十三妹发的照片，看着姐妹们签署芳名不是墨宝又远胜墨宝的向阳而生的扇面，向晚生香的向晚美丽，让人心跟着醉。

　　好红的红豆，好绿的红豆杉树，好想念的姐妹寨。

　　红豆是我写不尽的相思。

雨中芭蕉最南国

从前台走向办公区域，有一玄色的花钵植有一株芭蕉，步入办公室前总要多看它几眼。护花使者修剪芭蕉叶，有时会挑上几片或绿或黄或枯的给我，他知道我总爱在枝枝条条花花叶叶中淘宝，尤其是芭蕉叶。有时案头屏幕时间看长了，会去楼上的获吉尼斯纪录的最高空中花园半亩田的那株芭蕉树那里悦目一下，在那间茅草小亭下幽坐，绿意中的闲适如约而至，蕉荫禅意韵人，那依贴着亭阁边又宽又长又油亮翠绿的芭蕉叶，很是赏心，想着如果能有雨点打在芭蕉叶上该有多好，草亭边池塘中太湖石的空穴定会使雨打芭蕉的声响应和得更悦耳，不过这是钢构玻璃房内的绿植，难以芭蕉听雨。

竹可锲诗、蕉能作字，对职场上面壁电脑的键盘侠来说，南国风姿的芭蕉，不失为一个反差而又反差得体的植物。让你在生机勃勃、南国风姿的芭蕉叶荫下，犹如置身仙境而忘却工作的疲劳和人世的烦恼。

藏有一本上世纪末日本新潮社的铜版纸印刷的《艺术新潮》杂志，160页的篇幅竟有一半的页数刊载了当代花道大家川濑敏郎与驻日瑞士茶人菲利普·尼塞尔对话花道的禅宗与哲学，孤傲与幽玄、脱俗与寂静、非对称的美学等的对谈，以及收藏家、散

文家白洲正子的题为《川濑之花》的长篇随笔。喜欢川濑的花作，爱读白洲的文字，将杂志安放枕边不时翻阅，对谈使我从艺术美学视角、随笔使我从文化历史视角对日本花道有了深刻的理解，对如何保持花道传统精髓的同时，又如何不拘泥传统流派也有了突破性的理解。

将蕉叶置书斋，步入书房似被芭蕉所约，那是一份夏日的清妙。将芭蕉置于壁龛这样神圣的舞台，那是圣神般的梦游。川濑用西表岛的芭蕉叶和白色木槿置于壁龛的自然野趣的花作震撼了我，云了被称为日本最后秘境的西表岛，岛上遍布亚热带原始丛林，众多的植物丛林中，我的目光总被芭蕉吸引。岛上有不少专门用来种植芭蕉的田地，芭蕉很容易长，一日之计种蕉、一年之计种竹，蕉之易栽十倍于竹，数月即可成荫，种下不多时，不知不觉中就形成芭蕉墙，岛上有些村落都灵废墟了，但在有些老屋的房后，还能看到芭蕉墙。岛上还有质地轻薄、舒适凉爽的芭蕉布，这是日本

的骄傲，一度失传，经民艺之父柳宗悦奔走呼于后得以重生。芭蕉布从培育到制作是一个极其繁复的过程，一株芭蕉树仅可提炼 20 克的芭蕉纤维，一件和服则需要 200 株芭蕉树。芭蕉树原产地据说是冲绳的琉球群岛。

喜欢芭蕉，喜欢送风送雨的南国芭蕉。听风听雨入南国，芭蕉最可玩味的是蕉窗听雨。岛上的数日，不风不雨日日晴好，未曾有幸闻得西表岛的雨打芭蕉的天籁。然而，无风自脉脉，不雨也靠霁，有芭蕉自风雅。认真地打量了芭蕉，高丈余，粗而软，裹着一层又一层的皮壳，外青内白一剥便出水，叶片宽长，一端稍尖。芭蕉与众树不同，叶子都长在树干的顶上，芭蕉叶的形状像蒲扇，银杏叶也似蒲扇，同是蒲扇，大小迥异，上百片的银杏叶拼接才抵得上一叶的芭蕉。叶片上均匀地分布着鱼刺形的叶脉，当触摸叶片时，叶片柔软光滑，感觉不到叶脉的存在，叶柄在叶背面外突着。

南国之行识得芭蕉，南美之行听得芭蕉雨声。

2019 年地球之肺的亚马孙热带雨林森林火灾让世人揪足了心。年底一路颠簸从北半球飞抵南半球，在埃尔卡拉法特目睹高级的蓝色冰川后，圣诞节的一天，从利马飞抵生物多样性之都的马尔多纳多港。在小得不能再小、简陋得不能再简陋的工棚风的马尔多纳多机场东近寄存大件行李，携带最低限度的必要衣物用品，坐上那条船身浅紫、船篷淡绿能载六人的小船，我们一家和一对老牌的优雅英国初老夫妇五人套上荧光绿的救生衣，随前来迎候的、操着结巴英语的憨厚小伙子一起上了船。小船漂流在亚马孙河上驶向宿泊的前方，周边一望无际的热带雨林森林。我的视线在众多繁密的丛林中抛注在芭蕉树上。手机的摄相镜头也对准着芭蕉树，英国夫妇手中的徕卡机械相机对着亚马孙河岸的大片丛林。

　　一个小时后，小船把我们带到了亚马孙热带雨林深处的一个世代隔绝的小木屋，陡峭八字形的茅草屋顶的小木屋很原始也很可人。小木屋进门的对面墙上开着三扇正方形原木窗户，透过每一扇木窗都能看到窗轩外翠绿的芭蕉叶，门的一侧有一个原木榭台，上面挂着南美洲风情的帆布秋千吊床，紧挨着榭台的外侧有两株低矮的芭蕉树，树芯还有红色的花叶，几片油润的芭蕉叶调皮地伸进榭台，榭台五十米开外的正前方有三株树形好看、高大成丛的芭蕉树。小木屋被芭蕉树拥围着。下泊在这样的小木屋就像置身于童话世界里，被欢喜拥围着，一种清爽的惬意、一股幸福的暖流。

　　亚马孙热带雨林是一个天然的生态圈，孕育了无数的生物，有昆虫，有巨兽，更有大片遮天蔽日的耸天高树，是一个神秘的地方。芭蕉树是这里常见的植物，树高三米，叶片比一般芭蕉更绿更大而更有风味。在非洲大裂谷一带，曾见到用芭蕉叶盖房子或充当防雨材料，在亚马孙这里好像没有。在南非好望角等地多见的被誉为穿梭在人间和天堂的天堂鸟花，也就是挺拔峻峭、动感十足的旅人芭蕉，很遗憾未能看到。

　　夜觅鳄鱼、日寻水獭，撞见了巨松鼠、绿孔雀、食鱼、流氓鸟，还有成群结队的蝙蝠和蚂蚁军团、大比苍蝇的蚊子、硕如拳掌的蜘蛛……在诡秘的异域目睹了非日常的异样。登上高耸的建筑工地般的云梯木塔，一览地球上植物种类最为丰富的亚马孙热带雨林风光，许多乔木笔直高大没有分枝，较之非洲看到的，亚马孙的热带雨林不仅面积更广阔气势更恢宏，而且植物的发育也更充沛。南面的巴西高原、西部的安第斯山脉，围椅状的东低西高敞开胸怀接纳着东南信风和暖湿气流，在云梯木塔上环视浓密的丛林后我的目光依然抛注在芭蕉树上。

全年皆夏，没有季节感的亚马孙热带雨林，青晨晴朗，午前炎热，午后降雨，黄昏雨歇，夜间多雨。就这样日日循环。在亚马孙热带雨林的数日，夜夜雨打芭蕉聆听天籁。用毕晚餐，窗外月色正好，闲步中瞬间月色朦胧被云影掩去，倏忽下起雨来，敲打在芭蕉叶上，雨点先缓后疾，愈疾愈响，仿佛击缶鸣榔。"狂风暴雨卷芭蕉，金盆听雨秋夜寂""芭蕉叶上潇潇雨，梦里犹闻碎玉声"，想起了松尾芭蕉等俳句诗人的诵吟。

　　亚马孙热带雨林中夜夜蕉窗听雨，叶叶芭蕉，皆为借听天籁夜雨的最好琴键，雨滴从屋檐茅草倾泻而下被空心的叶片承接，霹雳激越，淋漓尽致。我想肖邦当年在马洛卡的冬日夜雨中创作的经典钢琴名曲《雨滴》，那雨声一定不同今宵夜雨声，地中海没有芭蕉树。

　　雨打芭蕉一夜雨。雨夜的翌日，但见小木屋周边的芭蕉，叶更绿、叶蕾更红，茅屋顶上的茅草更密实、更下垂，鸟声也是更清越。清人罗聘《冬心先生蕉荫午睡图》，画上绿荫如盖的芭蕉，金农袒胸靠在椅上午睡正酣。清雅的着色和超逸的禅画好像眼前掠过。难怪金农欣然题写：先生瞌睡，睡着何妨。长安卿相，不来此乡。绿天如幕，举体清凉。世间同梦，唯有蒙庄。题写得多么的旷达超然。冬心明白他不在别人的风景里，只是在自己描绘的风景里，即便孤寂也要学会享受孤寂的美丽。

　　午后，开门看雨，一片蕉声。坐于榭台一隅煮水烹茶，蕉边啜茗闲听雨声。雨中的芭蕉碧叶油润滴翠，静听叶上雨声，与淅沥空阶声响互答。雨声中看飞珠溅玉叶，蕉叶听雨，动静缓急两相宜，雨势忽大忽小，听着那些宽大叶片上的忽疾忽缓、或大或小的雨声，想到哪位文人写下的巨匝靣靣、剥剥滂滂、索索淅淅、床床浪浪……风又飘飘、雨又潇潇，流光容易把人抛，红了樱桃，绿了芭蕉。丰子恺的漫画《芭蕉樱桃》画中舒展的芭蕉，好似眼前掠过。易破碎的芭蕉叶，在汉诗与和歌中总是那样的世事无常易逝。

黄昏，东风收却雨即休。轩窗外，幽阶边，蕉荫碧连天。在小木屋周边的芭蕉树前盘桓，只见方才雨中繁密恣意、矜持高挺的芭蕉身影，雨后是多么的油亮碧润神清散朗，平添林下之风。

植蕉可邀雨，幽斋但有隙地，即宜种蕉，而亚马孙热带雨林不用种蕉，自有野生蕉林处处，雨不邀而自来。在小木屋小住的日子里，日日见芭蕉、夜夜听蕉雨。蕉窗听雨是古代文人的风雅，想象雨打宽大的蕉叶如声声的叹息，再滑过留下一行清泪，令人不堪的凄凉，遥想当年蒋捷舟过吴江，思乡情浓，把满腔心事赋予一叶芭蕉，寂寞的风高打灵魂的蕉窗，芭蕉承载了天雨的滴落，更承载了数不尽的离愁别恨。

古往今来雨打芭蕉的情致令多少幽人心驰神往，而我一介忙里偷闲的职场人得以在此别样的世界里屏蔽喧嚣，蕉窗煮梦，消磨浮生数日，想来也算是一种清福了。

玫瑰废墟维斯比

如果说日本的宫崎骏来到瑞典的维斯比，是为了寻思《魔女宅急便》的创作灵感，那么我悄悄地循着他的脚步来到这座被誉为"玫瑰废墟之城"的童话古都，是为了放空自我，洗晒并养护那颗在魔都魔楼的高压下疲惫劳顿的心。

嗜花好古如我，维斯比自然成了我念想的"白月光"。适逢今年七月上海至斯德哥尔摩间的直航首次通航，维斯比也就成了不二之选。在周五的夜晚稍事加班后，推开办公桌上堆积的文件、关闭电脑，疾步走出上海中心，驶向机场。

飞行十一个小时，迎接我的是斯德哥尔摩的破晓晨光。出关提取行李后，与前来迎候的十九岁的儿子在机场附近租借一辆 VOLVO 径直驶向从斯德哥尔摩到格兰特岛的渡轮港口。人车同船，在波罗的海航行三小时余，渡轮停泊在格兰特岛的首府维斯比。只闻花香、不想悲事，品茶读书、不争朝夕的度假开始了。

九成以上维斯比度假者来自瑞典本土，一些游客将私家游艇终年泊靠在维斯比港湾，在七月底、八月初的夏季黄金时段，他们便来到小镇，在游艇上乐活两周，将肌肤最大限度地袒露在蓝天白云下，

尽享阳光的沐浴、海风的轻拂。

　　高福利下的生活安逸厚稳，在无欲则刚的内心支配下，瑞典人在表情上使人感到礼仪背后的些许高冷。瑞典国民多为信奉路德宗　教堂在岛上的地位不言而喻。当年经过血雨腥风的宗教改革的洗礼后依然留存下来的教堂残垣断壁，是维斯比的历史见证，成为维斯比随处可见又不可或缺的人文景观。残骸废墟的教堂遗址，呼唤着人们穿越时空去想象当年被焚烧前的模样。

被联合国教科文组织认定为世界文化遗产的维斯比古城城墙城堡遗迹从中世纪起便声名显赫。早在 13 世纪已修筑守护维斯比的城墙，虽古老陈旧却修缮保护完好；墙外的护城河，如今已经干涸，被苔绿覆盖，荒草满野。各个据点的城门上，高仰的吊桥和铁矛门是当年用以抵御邻国的骚扰、海盗的入侵，现在早已不再使用，锈蚀的铁矛门似乎在向人们诉说一千多年来维斯比所经历的风吹雨打、胜败兴衰。

跨过一座高耸的拱门便是维斯比的老城。老城的街景很是养眼，店铺更是满满的艺术范，用来展示的大面积玻璃橱窗，每一扇都是自成天地的独特装置作品，尤其是在局部小细节中能够解读出店主对生活、对美术的独到匠心。很多小设计凸显着老城的情趣，就连店铺的标志也是慧心独具，乍一看"意料之外"，细细咀嚼却能品咂出它的'情理之中'，漫步老城宛如漫步在户外美术宫。这里的商铺与其他的城镇不同，午后五点，老城内的商家便早早地闭门打烊，住在古巷的人们妥妥地进入安适恬淡的生活。最美夕阳红 温馨又从容。我醉美在黄昏中，独步在玫瑰逸香、废墟斑驳的老城。在玫瑰废墟的凄美中悠然地尽享着时光静好，回味着人生五味。

也许生活本该是这样耐人寻味的。上海的高速发展，似乎有些紊乱了人们本该有的生活节奏。多少导乡异客的新上海人，一路打拼立身沪上，然而在暂得于已快然自足后，却实实在在地丢失了对生活的美好体验。但维斯比小镇的人们可不一样，外面的世界再异彩纷呈，他们依然坚守着本当的节律，忘情于古巷的独特精粹，内观生命的本真，践诺着富可敌国、贵比王侯的每一天。诚然，"面包"是要有的，但小镇的人们不会让"面包"成为体验短暂而美丽的人生道路上的绊脚石。

我不禁比对起上海古镇朱家角，同样是风光可人、人文有序、历史悠久的窄巷古镇，一位宛如端坐着不被干扰的贵妇，另一位却似满脸堆笑开门营业的经商女。中国的古镇老城，很多老屋纷纷出租破墙开店，商业充盈，而维斯比生生息息的原住民依然安分地居住在他们的古巷老宅里，用他们对中世纪的理解安享着他们应有的生活，日子过得温馨祥和、悠闲超然。

古老城墙遗迹和各种教堂废墟让人叹为观止，维斯比还有个美丽之处，至少在我的心目中是最美的区域——老城的玫瑰之巷。

清风拂花，正当烂漫时。在岛上度假的那几天，玫瑰怒放笑得开怀又灿烂。时值夏季，玫瑰之巷的屋主们开始给他们斑驳陆离的小木屋上漆补色，淡淡的植物生漆的青涩味在玫瑰花香的勾兑下，弥散在小巷。每户人家都植地贴墙种植玫瑰，红花绿叶藤条攀沿依附在鹅黄色的暖墙上，顺着老木房梁，玫瑰花一路盛开辉映在湛蓝天空的背景下，美艳绝伦。在曲径通幽的玫瑰窄巷，心无猛虎、细嗅玫瑰，饱餐秀色、为之陶然。撩人的玫瑰攀缠在家家户户的屋墙上，却找不到一户因为游客的光临而敞门迎客。娇艳的玫瑰贴附在静穆的老宅上，稳稳的恰如一幅妙趣横生又妙不可言的静物油画。草木关情、花外有书，这帧想象中的画作在生命有限的记忆储存空间里将为它恒久留位。

　　徜徉在夕阳下的玫瑰之巷，不由浮悲起日本明治时期的一位文人新渡户稻造的有关玫瑰和樱花比较说中的评论：

　　"我们无法和欧洲人分享他们的玫瑰，因为玫瑰缺乏单纯的美，并且还有隐藏在甜蜜花朵下的利刺，以及它依恋生命的固执。不管是讨厌还是害怕死亡，它宁愿从茎开始腐朽也不愿让花朵凋谢。玫瑰有艳丽的色彩和浓郁的香气，它所有的特色都与日本的国花南辕北辙，樱花之美并非藏有短剑和毒药，而是自然而然地散落。"

　　前述的与其说是玫瑰和樱花的比较，冬究还是用落樱的美学对抗玫瑰的哲学，实乃两种文化、两种精神的比较。我不是日本人也不是欧洲人，我酷爱樱花也欣赏玫瑰，恰似我嗜好茶汤也接受咖啡那样。

倾辉引暮色，黄昏渐深。但这并没有让老城变得黯然失色而索然无味，玫瑰盛开的窗棂后灯火亮起，散发着的柔和光影如同烛火，暗忖那定是一盏玻璃材质的小挂灯。怀着亦东亦西的文化心态，思量着美学与哲学的交叉重叠，从玫瑰之巷回到宿泊的小旅馆，步入简约而不简单、质朴又不失质地的温馨小木屋，推窗入目的是悠久而又绵长、全部用石块垒砌而成并由十座灯塔连接的维斯比中世纪城墙。宽厚的城墙上情侣双双、爱伴对对，恋人们卿卿我我、相忘江湖，定是在海誓山盟、天长地久。越过城墙极目远眺，最后的一抹夕阳正渐落海天线。

周一的清晨，航班准时抵达浦东，九点时分事务所同僚们快疾的步履在提醒着我，十天的假期已翻页，在物理空间上我已离开了那个钟声在响圣歌在唱、废墟斑驳玫瑰满巷的古城维斯比，回到了魔都里的魔楼。

花木处处马洛卡

英勇激烈的斗牛竞技、热情奔放的弗拉门戈、奇幻独特的建筑……这是西班牙给人的第一印象，而我则因为尼古拉·安杰罗斯那一曲古典柔婉沉潜的吉他曲《悲伤的西班牙》、肖邦的钢琴前奏曲《雨滴》，对西班牙有了另一重浪漫而忧伤的感觉，抹不去那一丝惆怅，令人思量。趁刚跨入安多福高中的儿子的第一次感恩节近两周的假期，一家三口去西班牙自由自在地看看走走，领略了热情背后不失传统底蕴，又没有过分喧闹的西班牙：在马德里选住了美如艺术宫且性价比高的酒店，来自13个国家的顶级设计师各自承担一个楼面的过道和房间的设计，兼具独特的造型、创新的技术和梦幻的色调，我们选住了由日本建筑设计师隈研吾设计的融入自然植物的套房；塞维利亚王宫，一座欧洲最古老的王室宫殿，始建于1181年，持续建造时间长达500年，混搭着多种风格；巴塞罗那，伟大的建筑设计师高迪设计的米拉之家，从里到外整个结构既无棱也无角，全无直线的设计营造出无穷的空间流动感。

……

整个旅程中我更偏爱马洛卡岛，天蓝蓝海蓝蓝，四时如春，花木处处，那是爱花人的所爱。法国小说家乔治·桑曾为它写下了"地球上最美也是最不为人知的地方之一"。

　　自塞维利亚约 2 小时的飞行抵达马洛卡岛。马洛卡岛位于西地中海，东面是平缓海岸，西边的山峦到绿松石般的海水和海岸线，绿色山峰，起伏的山峦和锯齿状的岩石，有天然的海滩悬崖 也有人造的城堡灯塔，还有古老神秘的人文。岛上每年超过三百天的碧蓝晴天，被称为"日日花开的地中海天堂"。一下飞机，深秋初冬的暖阳洒落身上，微妙的暖意循环周身。岛上山脉绵延，纯净的山岳风光点缀着花木满岛的马洛卡。50 公里迷人的海岸线和 262 个风情独特的海滩，使马洛卡岛收获了世上最美海岸线的隽誉。

　　在岛上的数日，邂逅清晨橘色大海，惊艳晚秋中的橙红朝霞。暖阳下，穿行在嘉卉遮蔽下的小径，在橄榄树、杏花树、柠檬树中穿花寻路，尽享花木自然风光中的那份清爽惬意。岛上仍然保留着大量古老神秘建筑的遗迹、焦糖浅色的山间屋舍、宁静祥和的山村风光、古色古香的山顶修道院，有着戏剧式的浪漫，较之其他岛屿，马洛卡岛在秋冬更胜一筹。岛的南部是以落日海岸著称的马洛卡的首府帕尔马。

　　此行远足，不仅仅只为自然风光，也希望旅途中的人文历史能够感染孩子，而帕尔马也真不愧是马洛卡的首府，是画廊、展馆、艺术馆、纪念

馆随处可见的文化胜地。

　　首站径直去了米罗基金会。位于帕尔马的米罗基金会是全世界收藏米罗作品最丰盛的纪念馆。展品涵盖了世界级大师的绘画、雕刻、版画、素描、海报、纺织品等各种类型的艺术品，或活泼奔放或凝重深刻。在米罗的代表作《星空》前，只见一拨小学低年级的小朋友席地而坐，好奇地仰望着画作中的星空、聆听着有声有色的讲解，心神驰翔遨游星空，而米罗作品中四处野散着的"米"字的星星符号，又似大地的小草，米罗深受热爱自然、痴迷天文的父亲的陶染，自小对天空、对大地抱有浓厚的兴趣。我不禁感慨艺术人文气息和艺术审美能力的养成是无法通过快餐式速成的，而需经过日积月累的艺术熏陶和人文滋养。传统老话的"三代会吃、四代能穿、五代擅文章"看来也不无道理。

　　文化盛宴后，我们的味蕾也盼望着来一场美味的享受。在西班牙则要品尝海鲜饭，这也是一道带有浓烈西班牙色彩的美食。地道的海鲜饭用传统的巴伦西亚大米，配上虾仁、蛤蜊、鱿鱼、青椒、豌豆……其最特别又最不可或缺的佐料在于藏红花，西班牙的拉曼恰被称为藏红花之都，享誉世界。这种细细长长的正红正红的藏红花，被加工成一种昂贵的色香料，是西班牙最显摆的花作物之一，它令海鲜饭呈现出特有的亮黄色，有一种吃一口就难忘的独特风味，再配上橄榄果，小酌红酒，色香诱人。藏红花为地中海一带烹饪料理时的常用香色料，能够把食物烹染成赏心悦目的金黄色，出锅上桌时很热烈很多彩、很浓厚很西班牙。正宗的原产地藏红花价格奇贵，有些店家会用红花、番茄酱、辣椒粉等作替代品，而享用过地道海鲜饭的食客对这样的海鲜饭是不屑入口的，海鲜饭中其他添加物也许可以替代，唯独这小小的藏红花，是万万不可替代的，因为藏红花是这锅饭的灵魂所

在，否则就难称其为西班牙海鲜饭了。帕尔马的这餐正宗藏
红花的地道海鲜饭，儿子吃得肚子浑圆、满嘴黄亮，鲜美自
不待言。

两天后，自帕尔马前往拒绝现代文明寻袭的地中海古镇
索列尔。

帕尔马至索列尔的往返交通我们特意选择了小火车。这
是一列拥有百年历史的木制火车。伴着"咔哒咔哒"的响声，
火车慢慢地穿过丛丛树林，树枝擦过老旧的木制车身，树影
斑驳透过车窗。小火车在单调重复的节奏中摇晃着前行，满
载着欢乐和悠闲，恰似穿越到了中世纪的文明中。上火车前，
恰有一对当地的新婚夫妇包下了一节车厢，不抱捧花、身着
洁白婚纱的新娘和笑容可掬的新郎看见我们，兴奋地要同我
们合影，说他们希望以后也能生一个男孩子。在远离大都会
的地中海的小岛上确实少见亚洲面孔，稀缺会带来好奇，我
们一家在岛民眼里也成了"老外"。我仔细看了白色婚纱映
衬下的大束捧花，色彩鲜艳水灵欲滴的鲜花中，有玫瑰、马
蒂莲、康乃馨、小甘菊、迷迭香等。这些花卉，一定不是暖
棚中生长的，也一定不是岛外引进的，十一月份的马洛卡岛
依然还是一个大花园，新娘手中的这些花开没有花落香陨，
依然面向大海花开盎然。地中海的风候，让马洛卡岛屿上的
花色开得更鲜亮。

索列尔坐落在马洛卡岛西北的港口，是一巨峡谷深处的

古镇，岛上的最高峰马约尔峰位居此地，古镇中有许多 18 至 19 世纪的宫殿。

照例是先行抵达人文景观：毕加索瓷器馆。馆内所有的作品都是毕加索创作在瓷器上的作品。出生在西班牙的毕加索成名于法国，他最好、最成熟的作品大多流散在国外。几十年来，西班牙耗巨资全力收集大师的作品。今年三季度的世界艺拍，毕加索的作品拍卖总价傲居首位，艺术价值和市场价值兼备，艺术史上的里程碑地位不可撼动，是西班牙的符号，更是西班牙的骄傲。想起几年前曾和儿子在观览抽象画作和狂草翰墨时，不知天高地厚的犬子曾放言"这样的涂鸦我也会"。现在看到了毕加索十五岁时的作品和他的自画像，大师早期的画作基础夯实、结构缜密，也让儿子知道了从有章法到随心所欲，和初始便无章法的涂鸦在艺术本质上的不同，懂得看花是花、看花不是花、看花还是花的这样一个是花非花、似花非花过程的背后所付出的长期努力。在出游的不经意间给了儿子点拨，也是"游学"的意义所在。

感受了小镇的艺术气息、自然质朴的原始魅力、优雅脱俗的田园诗意，坐夜行小火车离开索列尔。

入夜寒意有加，逾越百年的老旧车厢没有任何空调等取暖设施，西班牙小女孩在薄薄雾气的车窗上涂鸦着，累困了的儿子在车身的摇晃中渐进梦乡，月中夜归人，寒意茶当酒，我的思绪也随之回归到物质贫乏，然充满童趣的童年……

花所望

花木处处马洛卡

听着 "咔哒咔哒"单调重复的小火车行驶的声响，不知不觉地低哼起肖邦《雨滴》的旋律，指尖在小火车安放茶点的小桌面上轻轻地点击起单调重复的雨滴节奏，明后天去肖邦小镇走走。

距首府 17 公里的瓦德摩萨科的肖邦小镇，坐落在群山环绕、田园诗歌般的山谷间。橄榄树、橡树和杏树环绕，花木点缀其间，世人有不知瓦德摩萨科的，世人无不晓波兰肖邦。置身花木处处、鲜花满墙的的肖邦小镇，宛如穿越时光隧道通向中世纪的欧洲，建筑古雅、艺术人文浓厚。肖邦与离异不久的乔治·桑在巴黎相识后热恋，第二年与大其六岁的桑一起远离喧嚣、远离是非的光怪陆离的巴黎，来到人烟稀少而又风和日丽花香处处的世外桃源马洛卡岛，在修道院内租下了三房一露台，共度一个凄凉而又爱意浓暖的马洛卡之冬。就在这座地中海离天堂最近的美丽岛屿，肖邦沐浴在阳光和情爱里疗养肺结核病体，创作了很多经典钢琴曲作品。

据说一天桑出门购物，天下起了豪雨，贫病交加躺在病榻上的肖邦孤寂而担忧，天幕降临，迟迟不见桑的归来，此时又偏遭屋漏进雨。在夜雨滴答滴答声的焦虑中，起身创作了这首流芳后世的钢琴前奏曲《雨滴》。日本钢琴才女小林爱实，便曾在世界历史最悠久、人才辈出的钢琴比赛之一肖邦国际钢琴比赛上重新演绎了这首经典的钢琴曲《雨滴》。

未婚同居，惊世骇俗的组合，姐弟恋的波兰钢琴家肖邦

和法国小说家乔治·桑在岛上卡尔特修道院度过美冬天的爱情故事引无数情侣爱伴竞相造访，前往这对起凡脱俗的爱侣曾徜徉的穆萨山谷，体验那一份旷世爱恋的浪漫。小镇处处飘逸着肖邦的影子、流淌着肖邦的《雨滴》钢琴曲。音乐诗人的手稿向人们讲述着在冬天雨夜的雨滴声中著就的 D 大调钢琴前奏曲又名"雨滴"的心路。位于修道院悬崖一侧的露天庭园，花藤游廊，望向尽头堪称绝景的悬崖。浪漫又古雅，就连如厕的标识，也是满满的艺术范。修道院中庭的回廊，

营造出一种与世无争的空灵静修。修道院内保存着故居的原样，肖邦当年弹奏的钢琴和零落的乐谱，桑的《马洛卡的冬天》的手稿，这些琴谱书稿、悠扬温润的旧物，见证了浪漫主义钢琴前奏曲创始人和法国浪漫主义小说家在马洛卡度过的那一个阳光灿烂而又凄风苦雨的冬日，诉说着姐弟恋的二人在马洛卡的爱情之旅和创作之旅。

肖邦故居周边的古朴怀旧、低奢风雅的艺术气息是钢琴家和小说家二人的所爱。街坊弄巷处处可见各家门前窗台摆放着各色植物花卉，把墙体妆扮得趣味盎然，不大的私家花园各显屋主的情致，以独特的方式绽放自家的美丽。

广场、花园、庭院、纪念碑这些准建筑，盆栽处处，尤其是依山而建的屋舍，陡崎而狭窄，陡峭街巷的窗墙上挂满了鲜花和热带多肉植物，每一堵墙都是花卉创意的领地，这也是街坊间不动声色的秀展甚至内心的花艺竞技，瞧一瞧谁家的花墙更有范。墙檐下窗台上，更可以把一盆盆小花错落有致地吊挂在墙面，整个花墙就是一幅立本的呼之欲出的植物艺术品。这幅沐浴在阳光下的作品，在蓝天下尽享着海风的抚慰。

地中海阳光灿烂空气干燥，这里的花大多是茎叶类，不妖娆也不是很精致，透露着平凡。小镇除了白黄色的石土结构，没有像日本尤其是伊豆半岛随处可见的小木屋。从无处不在的每一个角落的小棵植物里，我们不难发现小镇的人们对生活的乐观与热爱，一方水土养一方人，用花把家园打扮得美丽而不失情趣。

岛上约有 100 个品类、500 万棵杏花树，花开时节，满岛漫山遍野的绢白杏花，犹如点点繁星，坠落寂静林间，岛上被粉红和雪白所笼罩，空气中弥漫着甜甜的芬芳，被称为世上第一杏花地，而以岛上的杏花为原料调制的护肤品、甜点也是最叫板的。也许马洛卡岛上的杏花是天然自带安神魅力，山丛里的杏花庄园以遗世独立的姿态示人，而世人却为一睹它的芳容从四面八方纷至沓来。

"我漫步在棕榈树、雪松、芦荟、橘子树、柠檬树和石榴树下，天空是深蓝色的，山是翠绿色的，空气好极了"——肖邦如是说。

就是这个优雅宁静的小镇，肖邦和乔治·桑在这不起眼的小镇度过了一段浪漫的冬日时光；就是在这优雅宁静的山丘小镇，肖邦创作了《雨滴》，而乔治·桑则写下《马洛卡之冬》。

古朴静谧、隐世脱俗的自然魅力，世间诸多名流在此寻求出世般的祥和宁静。肖邦博物馆，充满年代感的石头房屋，就是当年肖邦和桑度过马洛卡冬天的居所，在这里，肖邦创作的最为著名的《雨滴》即《D大调前奏曲》和其让他扬名的经典名曲，成就了肖邦也成就了小镇。小镇因肖邦而为世人瞩目，因为肖邦当年的贫病交加的凄惨成就了小镇当下的辉煌。修道院里每天八次、每次十五分钟的钢琴独奏会，弹奏的都是肖邦的经典名曲。

桑回忆道："他在这个晚上所写的作品确实能使人联想到滴落在修道院瓦房上的雨滴声，但在他的想象中，那是从天上掉在他心坎里的泪珠。"

肖邦的夜曲里处处是桑的影子，桑的小说里不难读出肖邦的影子，在她情绪的背后肖邦无处不在。

肖邦的肺结核、乔治·桑满脸法国女人的傲慢，这对下泊在荒凉的修道院的情侣自然不受保守的小镇人们的待见。姐弟恋的两人最终的感情结局如同希腊神话那样无果而终，但肖邦这首缠绵悱恻、敲人心靡的《雨滴》，使马洛卡成为了永恒。

与儿子一起回到波士顿，去安多福学校参加家长活动。

怀着崇敬的心情打开儿子入住的学生寮里那架音色单纯而丰富的老旧钢琴，再弹 174 年前肖邦创作的《雨滴》，那重复着的一个单音，伴随着单音的节奏　产生的雨水滴答之感，那单调的雨滴节奏不再单调，那重复的雨滴不再仅仅是重复。那份纯净明朗如赞美诗般的清新与宁静，歌唱性的旋律伴随着清纯的雨滴声，仿佛雨夜里回旋着优美伤感的无言歌。

就像普罗旺斯的阿尔勒成就了梵高、梵高成就了阿尔勒那样，肖邦成就了马洛卡、马洛卡成就了肖邦，于我而言，马洛卡成就了对肖邦《雨滴》的理解。

花落之前再看花

　　金秋十月，"第二届东方插花生活美学展"在陆家嘴最高水泥森林树的上海中心大厦、这座拥有最高空中花园吉尼斯世界纪录的亚洲第一高楼中拉开了帷幕。

　　在双节长假后密集的工作日程中调剂出时间，往复于同一楼宇的事务所与展会间。展会中除了中

日两国主流花道流派的固定花作的展示外，参展的各个流派还演示了各自流派精到的花艺，讲解各自花道的精神内核，并伴有点茶焚香、抚琴低吟。香事、茶道、古琴这些传统文化的生活美学艺术，在荟建的宋式茶亭中演绎得惟妙惟肖，观展者犹如穿越时空抵达邃古，浸淫于晋风宋韵的氛围中。古人的赏花雅兴可谓逸趣盎然，对花吟诗为诗赏，观花举杯为酒赏，伴花焚香为香赏，临花歌咏为乐赏，面花谭论为谭赏。这样的五官合一的花赏，实为赏花的至高境界，我们的先贤就是这样神仙般地恬适于四时花草带来的悠然世界。

在日本花道协会 400 多花道流派中具有代表性且有 500 多年和近 200 年、100 年创派历史的池坊、小原流、草月流在本次花展中出展了具有流派特征符号的大型花作。枝叶花草演绎出新的美感，外化于形，内化于心，见素抱朴，日本花道的着落点在知礼修行，其组织体系为家元制，由匠师收徒传艺，世世代代薪火相传。而本次出展的中国具有代表性花道流派的曹洞派、无花道、日月派、易花道、江南文人调等仅有十年前后的创派历史。有些流派是在研习日本某一花道流派基础上融合改良后创派的，较之日本花道的创派历史，还稚嫩得如同蹒跚学步的孩子。然而追本溯源，折花人器的东方插花艺术肇端于中国，如同日本茶道始源于中国一样。1500 年前北魏时期的龙门石窟佛像中便有花卉，唐宋两朝更是盛行"佛前供花"，视草木与人一样具有灵性和品格。日本遣唐使将该礼仪风俗带回日本遍传东瀛进而演变为花道，成为最具代表性的日本文化之一。20 世纪后随着日本经济的腾飞，国际化进程的加速，日本花道茶道也随之延伸辐射到国际社会，将人与自然、物我相知进而物我两忘的东方美学和哲思传递释放给西方国度。

当一个国家强盛起来，被国际社会关注的时候，这个国家的文化便受到关注。而这些被关注的文化又会进一步影响到世界。

随着中国经济的发展、传统文化的复兴和民族自信的创导，近十年来，插花艺术回归，这也不能不提及日本花道对中国花艺的反哺作用。日本插花来源于中国隋唐的佛前供花，天、地、人，三位一体的中国儒家文化对其影响深远，经过数百年的发展，可谓流派纷呈，并尊为花道。日本花道尊崇形式静美、意境幽远，本次出展的无论大型还是小型花作，都彰显了日本大和民族特有的精致唯美。在出展的中国花道的花作中，也不难看出中式插花艺术在形式之外更多了一份自由洒脱的写意。

　　"我不想成为和他一样的人，但这并不妨碍我欣赏他的学问和知识" "好不好是一回事、喜欢不喜欢是另一回事，刻意去喜欢，折损的是自己的尊严" "合羹之美在于合异"……在流派林立的日本花道世界，偶会耳闻该类的心声辩说，更何况在个性上、在艺术主张上更强调自我的国人。多元化和不同见解的共存是事物该有的状态，我们本当抱着对传统的尊重，对创新的激励，对多元的包容的态度去面对纷呈，更何况不同时代、不同环境和思想下的产生的新的审美视角呢。当以和而不同、责任系统、公论衡平的姿态面对花道世界。

　　回望十年前上海的花店，实乃名副其实的花店，除了花还是花，而放眼当下的上海花店，除了花，还有叶、枝、果等。四季交错，自然有道，落花静水皆文章，每一个季节派生的每一个状态都会拥有其独特的美丽内涵。何时能见枯枝残叶株蔓老藤于花店？假以时日吧！思想不是钱能够画出来的，美学又岂能速成快餐。

　　一个人的美影响不到社会，但当一个人对美的概念影响到社会中的每一个人，我们的国家我们的社会就会美起来。不拘泥流派而忠实于花道的原点，不难预见，在接下来的十年二十载，中国将会呈现出更多的的花道流派。

　　有些东西也许不属于自己，然而有些东西一旦获得却难以失去。毕竟坐于花前寂静可听香，更何况花外有书，草木关情，人不仅生活在现实中，也生活的理想中。

　　在花道的有限时空里感受无限自然的空灵，想到在草木的芳华里收获的那一份喜悦，记忆的拷贝不由回放到上个世纪的 90 年代。清风拂花动，正当烂漫时，跨出早稻田校门供职日本律师事务所，入主的律所寮舍位于东京都内绿化覆盖率最高的世田谷野泽，周末徜徉街巷小径，惊叹家家户户门旁庭前的盆盆罐罐花花草草安放得有形有致别有风情，倾羡女主人的有方打理，萌生"我也要那样"的念想，自此亲近植物侍弄花草。生活艺术化，艺术生活化，日本女子在为人妻前的待字闺中期，一般都会去料理教室、花道教室学习生活技能、文化艺术的女红基础课程，家境优渥学养丰厚的还会去茶道教室研习宗教哲学综合美学。深信一个家庭女主人的修为左右着一个家庭的品质，尤其是孩子的品性，母亲的远见里藏着孩子的未来。

数年后，搬离所寮迁至表参道的青山，统辖日本国内 148 个支部和海外 56 个支部的小原流总部功能所在地就坐落在表参道的骨董路的小原流会馆里，承担着花道的教学任务并行使着管理职能。就在那栋步行可至漂亮的小原流会馆里，在周末、在节假日、在或许能够准时下班的平日夜晚里，我在花草弥漫中，一个单位一个单位地获取，一个段位一个段位地晋级，最终获得了教授资质的门标。小原流本部汇集了一流的技艺精湛的花道教师，常有闻昨晚 NHK 新闻主播画面背景的花作是某某老师的。法取乎上、得乎其中，法取其中、得乎其下，感恩在花道修习的途道上一路得到了一线师匠的耳提面命，理解最高的技艺即无技艺的法术，不着痕迹中透露"素"之花的极致之凛，在一花一枝一叶中感悟"侘寂"，感悟"割舍离"对生命的意义。翻阅十多年前上海律师杂志在整版封页刊载的花作、回想十年前在上海世博千人会场的舞台上的插花演示，那份感恩是由衷的。花道于我而言，仅是澄怀观道娱情乐意，纵有三千烦恼，不如拈花一笑。教授花道的牌匾门标仅权作曾经拥有的在扶桑国里漫步花道的履历而已，从未曾有过一丝的挂牌招花徒之念。

金秋十月，花落之前，一介在亚洲最高水泥森林中忙碌辛苦的职场人，邂逅了水泥森林中旷古曼妙的花草世界，在自然中得以瞬间地放空。匆匆一人生，当下自喜悦，与世间平分一场秋色真好。

魏晋唐宋那世界甚是遥远却很是喜欢。期待来秋第三届的花约。等风之时、花落之前再看花。

后
记

　　最早写些有关植物的文字是在二十多年前，一开始写得很慢，有些年一年才写一篇，直到新冠肆虐世事多舛的近三年，年年的出差后在入境酒店隔离和居家隔离期间集中写了一些。

　　初始写有关植物的散文，压根儿没想到要结集出版，前文和后文之间也就没什么脉络上的内在逻辑排序，缘于宅院里有这样的树开那样的花，就漫无目的地随性写了些闲笔闲篇。写出他人难以替代的自我是行文时的自救，只是以性情为上，行走在感性的花草之间，对于文章在本质上没有使它过渡到理性。

　　离开出生和成长的地方到另一方国土，感受观察再以故国通用的文字来写录并抒发些什么时候，自己也就自觉不自觉地成为一个中间人，是在把一方的文化传递给另一方。大和民族的文化本身的细腻性丰富性，使得我们看待扶桑国不仅需要睁开双眼，还需要睁开慧眼，如佛家所言，无见无不见、无我无不我，看到一个真实的日本。复杂的历史和文化因素，使得中国民众对日本和日本文化的认识进程，变得多梗多阻，这就需要一个漫长细致的过程，需要一点一滴地去品味去体验，才能更好地从异国文化中汲取营养，滋养自己，疗养自己，让自己的身心不那么贫乏那么病态。

　　《花所望》中结集的散文，基本上是在报刊上已发表过的文章
中选取的散文，选取与花草树木有关的散文　这些植物散文中或多
或少有着中日元素。在编集的时候，发现这些文章多少与自己某一
阶段的人生经历或情感记忆有关，实际上还是可以梳理出一个脉络
的。也就是说，这些植物散文，对我来说也是追忆逝去的年华。我
珍视的是，在这些小文拙稿中多多少少地潜藏着自己的心路，自己
和植物间的互动。

　　这些跨度近三十年的文字，有的还是一介留学生时期留下的笨
拙且热情的文字，有些因为发表时做了些体例篇幅的调整，但作为
思考和表达的内容和方式，仍建立在内心真实的感受上。我不是一
个职业散文家，在文字的情、性以及文字的构造诣方面有失精到
老辣，我不一定是一个善于思考然而一定是一个喜欢思考的人，并
且习惯于将有些思考化为自己认为有趣的文字密密麻麻地留在只有
自己才能看得懂的记事本里。

　　今年正值中日邦交正常化 50 周年，锦天城律师事务所在日本设
立了东京分所，来年又值中日和平友好条约签署 45 周年，在樱花烂
漫之季举办东京分所的开业典礼，杖乡耳顺之年。能够收获《花所

望》，成为自己生命中一个新的原点的起点，百感交集而倍感欣喜。感谢上海文化出版社姜逸青社长，感谢副总编辑罗英女史，对本书给予的出版支持，感谢沪上校对翘楚王瑞祥先生，更要感谢深谙中日文化的美编陈培红女士，编辑中的文编和美编原本是编辑工作中一条道上跑的两辆车，名相同实不相同，陈女士为本书的装帧、配图以及文字的编排设计等一体化统筹付出了大量的心力，再一次深表谢意。

是为记。

壬寅孟冬
于伊豆 鸟虫屋

图书在版编目（ＣＩＰ）数据

花所望 / 裘索著 . — 上海：上海文化出版社，
2023.1
ISBN 978-7-5535-2714-7

Ⅰ . ①花… Ⅱ . ①裘… Ⅲ . ①散文集 – 中国 – 当代
Ⅳ . ① I267

中国国家版本馆 CIP 数据核字 (2023) 第 047025 号

出 版 人：姜逸青
责任编辑：罗　英
装帧设计：陈培红
书名书法：丁申阳
封面摄影：冯学敏
封底篆刻：韩天衡

书　　名：花所望
著　　者：裘　索
出　　版：上海世纪出版集团 上海文化出版社
地　　址：上海市闵行区号景路 159 弄 A 座 3 楼　201101
发　　行：上海文艺出版社发行中心
　　　　　上海市闵行区号景路 159 弄 A 座 2 楼 206 室 www.ewen.co
印　　刷：上海雅昌艺术印刷有限公司
开　　本：890×1240　1/32
印　　张：12.5
印　　次：2023 年 1 月第一版　2023 年 1 月第一次印刷
书　　号：ISBN 978-7-5535-2714-7/I.1046
定　　价：168.00 元
告 读 者：如发现本书有质量问题请与印刷厂质量科联系　T：021-68798999